U0085773

小說新賞

與民同心顯正義

劉公案

原著　清·佚　名
編寫　何佩珊

三民書局

我常常思索著,我是怎麼成了一個說故事的人?

有一段我已經忘卻的記憶,那是一個沒有什麼像樣娛樂的年代,大人們忙著養家活口或整理家務,大部分的孩子都是自己尋找樂趣,妹妹告訴我,她們是在我說的故事中度過童年的。我常一手牽著小妹,一手牽著大妹,走到家附近那廢棄的老宅前,老宅大而陰森,厚重而斑駁的木門前有一座石階,連接木門和石階的磚牆都已傾頹,只有那座石階安好,作為一個講臺恰到好處。妹妹席地而坐,我站上石階,像天方夜譚般開始一千零一夜的故事。

記憶中的小時候,我是個木訥寡言的人,所以當小妹說起這段過去時,我露出不可思議的神情,懷疑她說的是另一個人的事。雖然如此,我卻記得我是如何開始寫故事的。那是專三的暑假,對所有要上大學的人來說,這個暑假是很特別的假期,彷彿過了這個暑假就從青少年走入成年。放暑假的第一天,我從北部帶著紅樓夢返家,想說漫長的暑假適合讀平日零碎時間不能完整閱讀的大部頭。當我花了兩個星期沒日沒夜看完紅樓夢,還沒從寶黛沒有快樂結局的悲悽愛情氛圍中脫身,突然萌生說故事的衝動,便在酷暑時節,窩在通鋪式的臥房,以摺疊成山的棉被權充書桌,幾個下午就完成我的第一篇短篇小說、我說的第一個故事。寫完時全身汗水淋漓,用鉛筆寫的草稿也被手汗沾得處處字跡模糊,不過我不擔心,所有的文字都在我腦海中,無需辨認。之後我又花了幾天把草稿謄在稿紙上,投寄到台灣日報副刊,當那個訴說青春少女和遲暮老人忘年情誼的小說變成鉛字出現在報紙副刊,我知道我喜歡說故事、可以說故事,於是寫了一篇又一篇的小說,直到今天。

原來是經典小說帶領我走入說故事的行列,這段記憶我始終記

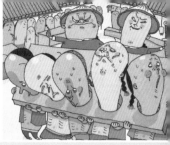

得，也很希望在童年時代還耐不下性子閱讀原典的孩子們，能和我一樣在經典故事中成長。

　　雖然市場上重新編寫經典小說的作品很多，但對我這個有兩個少年階段孩子的母親來說，卻總覺得找不到適合的版本，不是太簡單，就是太難，要不然就是刪節得不好，文字不夠精確等等，我們看到了這當中的成長空間，於是計畫進行一套經典小說的改寫版本。

　　首先我們先確定了方向，保留較多文學性，讓這套書適合大孩子閱讀；但也因為如此，讓我們在邀請撰稿者方面碰到不少困難。幸好有宇文正、石德華、許榮哲等作家朋友們願意加入，加上三民書局之前「世紀人物100」的傳記書系列，也出現了不少有文采、有功力的寫作者，讓這套書可以順利進行。對於文字創作者來說，創意是珍貴的資產，但改寫工作就像化妝師，被要求照著一張照片化妝，不能一模一樣，又不能不一樣，一些作者告訴我，他們在撰寫這系列的書時，常常因為想寫的和原著不太一樣而卡住，三民書局的編輯也常常要幫著作者把寫作節奏拉回來，好幾本書稿都是初稿完成後，又大幅刪修，甚至全部重寫。辛苦的代價便是呈現在讀者面前的這套書——文字流暢、故事生動，既有原典的精華，又有作者的創意調拌，加上全彩印刷、配圖精美。這是我為我的孩子選擇的一套書，作為他們告別青春期的最佳禮物，希望能和天下的學子、家長們分享，也期待這套「大部頭的套書」，經過作家們巧妙的改寫、賦予新生命後，保留了經典的精神，又比文言白話交雜的原典更加容易親近，讓喜歡聽故事、讀故事的孩子，長大後也能說故事、寫故事，於是中國經典文學的精華就能這麼一代一代傳誦下去。

林黛嫚

　　第一次遇見「劉羅鍋」，是在電視劇裡，看到一個老謀深算、機智詼諧的怪老頭，背駝得像背了個炒菜鍋，真是其貌不揚。當時心想：這沒有俊男美女的非偶像劇，賣點在哪兒？

　　再次遇見劉羅鍋，是在圖書館的書架上，奇怪的是，它不在文學類、不屬於歷史人物傳記類，反而大刺刺的站在總類。仔細一瞧，書中寫的盡是劉羅鍋大智若愚的處世哲學。原來這個其貌不揚的怪老頭，還真是有料的！

　　這一回重見劉羅鍋，可就不是偶然了，而是兢兢業業的拜讀不同版本的劉公案。從劉公案中看到的劉羅鍋就更神奇了，不但料事如神，還有神鬼相助，辦案過程中，常常深入險境，幸好最後都能化險為夷。

　　歷史上的劉羅鍋到底是何許人物？查找了野史、傳記、小說……我見識了劉羅鍋傳奇的一生。在民間流傳的故事裡，劉羅鍋與和珅有著極大的對比：和珅俊、羅鍋駝；和珅貪、羅鍋廉；和珅富、羅鍋窮。和珅巧言令色，在皇上跟前春風得意；劉羅鍋剛毅木訥，在皇上面前謹言慎行。然而正史中，對劉羅鍋卻只有幾行字的敘述，主要在訴說他的清廉。這樣的結果讓我越看越迷惘，也許是因為一向堅持實事求是的我，沒有辦法接受這樣一團模糊的狀況：我要如何將自己都弄不清楚的歷史人物寫清楚呢？

　　再發揮研究精神鑽研下去，這劉羅鍋的確是個清官，可是，真正被乾隆所信賴的，是他的父親——劉統勳。在滿人的統治之下，身為漢人的劉統勳，被乾隆譽為「真宰相」，由此可見乾隆對他倚重之深。

　　那麼，劉羅鍋呢？

　　劉羅鍋的正直清廉，似乎傳承自父親的風骨；劉羅鍋的機智巧對，和當時名臣紀曉嵐的故事交疊；劉羅鍋與和珅鬥智，其實反映了當時黎民百姓反貪汙的心聲。原來，劉羅鍋是這樣被刻劃出來的。

　　我想，我不需要反覆比對劉羅鍋的生平事跡，也不需要探尋歷史真相。歷史，又何嘗可見「真相」呢？花了好長的時間在書海中摸索劉羅鍋的底細，而這一切努力，成了寫就劉公案的基本功。當劉羅鍋的形象在我心中越來越清晰之後，我開始思考如何讓劉公案這一部帶有一點點怪力亂神，還參雜一些些情色暴力的公案小說，轉化成適合青少年閱讀的傳奇小說。

　　民間傳說中的劉羅鍋，斷了許多冤案、奇案，而這些冤案、奇案的發生，背景是一個貪腐的社會。乾隆王朝有名的大貪官和珅，靠著自己的聰明才智，博得皇上寵信，進而成為官場中黑心貪官的靠山。官場道德淪喪，即使是本來不貪的官，在這樣的氛圍下，能不同流合汙的有幾人？緊接著，江湖惡徒趁勢而起，用錢買通官員謀取好處，以貪官做靠山胡作非為，使得老百姓有冤無處可申，只能期待老天爺開眼。因此以清廉聞名的劉羅鍋，就成了人民希望所寄的「青天大老爺」。所以，與其說劉公案寫的是「劉羅鍋傳奇」，不如說它是在反映乾隆晚年好大喜功、寵信和珅之後，老百姓受到壓榨迫害的苦悶心聲。

　　在現代社會中，每個人都需要磨礪這股捍衛正義的勇氣。一個清廉的劉羅鍋，無法改變朝廷貪風，那麼，十個劉羅鍋、二十個劉羅鍋……千百萬個劉羅鍋的力量，總足以遏阻亂世歪風。

何佩珊

導讀 亂世清流代言人

　　幾千年來，中國歷史的演進，就像是一齣分久必合、合久必分的戲碼。一個朝代由興盛到頹敗，下一個新政權便隨之而起，正所謂「盛極必衰」，王朝強盛的顛峰，往往也是衰敗的起點。

　　就劉公案的歷史背景來說，也正符合這樣的規律。清朝康熙皇帝開疆闢土，縱橫歷史六十一年，締造了璀璨輝煌的全盛時期；接著雍正皇帝勵精圖治，革新吏政十三年；一直到乾隆即位初期，清朝的國庫豐盈，文治武功成就非凡。但是好景不常，中葉以後，乾隆逐漸好大喜功，自認本身所創建的曠世功業超越漢唐盛世，因此志得意滿，自詡為「十全老人」，陶醉在「十全武功」的美名之中，整日縱情山水聲色，使得吏治荒廢腐敗的情況越來越嚴重，朝政大權幾乎由貪官和珅一手掌握。

　　和珅是個善於揣摩乾隆想法的人，處處迎合乾隆喜好，更懂得適時諂媚、討好，深得乾隆歡心，才能從一個小小侍衛，一路加官晉爵，爬到大學士、軍機大臣的位置。由於和珅專橫跋扈、驕奢淫逸，使朝野中的貪官汙吏更加肆無忌憚，任意壓榨人民，各地盜匪奸賊橫行，百姓生活水深火熱，痛苦不堪。

　　就劉公案的人物背景來說，在這樣一個「官以吏為爪牙，吏以民為魚肉」的黑暗亂世中，人民無不渴望清官能臣的出現，為百姓伸張正義、懲治貪官汙吏，就像北宋的包拯、明末的海瑞一樣。此時，聰明機智、廉能正義的「劉羅鍋」，就在人民的期盼中誕生了。

　　劉羅鍋，本名劉墉（西元 1720～1805 年），字崇如，號石庵，山東諸城縣人，傳說他的背有點兒駝，如同背了一個鍋子。在山東，鍋子就稱為「羅鍋」，所以當時的人就戲稱他為「劉羅鍋」。數

十年的仕途生涯中，由於他不肯趨炎附勢，幾度遭遇革職、下獄的命運，好在最終都能化險為夷。

認識了劉公案的歷史與人物背景，再來看編寫自儲仁遜抄本的中國古代珍稀小說二十回本的劉公案，才能洞悉書中人物的行為動機。

本書前五章，先對劉羅鍋的機智與清廉進行一場濃縮版的回顧，看完他的童年故事以及和乾隆的巧妙應對，你會對他佩服得五體投地。接著再看他任職地方官期間，如何關心百姓、體察民情、打擊貪瀆、不畏權貴，鐵面青天的行事風格，猶如包公再世，你會更了解他深受百姓敬仰愛戴的原因。

從第六章開始，正式進入「山東巡撫國泰弊案」這個大案子。當劉羅鍋奉旨與和珅一同查辦國泰弊案時，作者刻劃了一個正直無私、沉穩老練的劉羅鍋，在查辦弊案的過程中，穿插了他為百姓剷奸除惡的辦案情節。

民間盛傳劉羅鍋經常為訪查案情真相而喬裝改扮，多次深入險境、破解奇案，有關於他的事跡，在民間早已口耳相傳。因此，劉羅鍋到山東的路途上，整治貪官、除暴安良的故事，更是傳唱鄉野。

著名的偵探角色——福爾摩斯和柯南，靠的是他們抽絲剝繭的觀察及推理能力，協助警方偵辦案件。劉公案就好像是中國的偵探小說，但劉羅鍋代表的是朝廷，朝廷官員為百姓伸張正義，要除暴、懲貪，必須具備足夠的智慧和勇氣，還有皇上的

信任和授權，劉羅鍋很幸運的集這些條件於一身，於是成為亂世清流的代言人。本書為了凸顯劉羅鍋的魅力，加了些怪力亂神的附會，添了些奇幻小說的趣味，讓劉羅鍋的傳奇更加引人入勝。

寫書的人

何佩珊

喜歡透過文字，探尋寰宇的新奇與感動。

喜歡沉浸在文字海中，尋找心有戚戚的感動。

喜歡化身為悲劇主角，體會刻骨銘心的傷痛。

喜歡幻想一場不平凡的際遇，為平凡的自己妝點人生。

喜歡紛繁的世界，紛繁的事——

在紙與筆的磨礪下，揮灑成「緣」。

劉公案

目 次

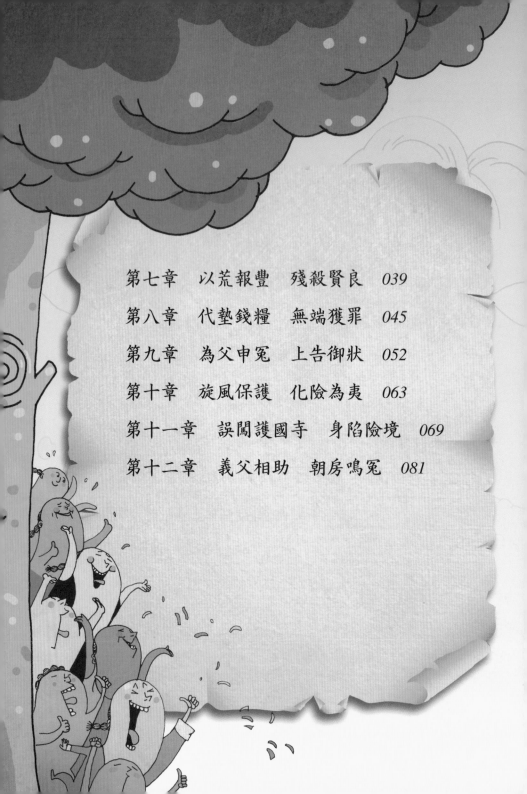

劉公案

第一章 機智取帽 太后喜

清朝山東省諸城縣有一個劉氏家族，從康熙、雍正到乾隆在位的一百多年裡，做過官的至少好幾十位，堪稱諸城第一望族。而「為官清廉」就是劉家得以立足政壇、歷久不衰的基石。

劉墉，就出生在這樣一個大家族之中。他的父親劉統勳為官數十年，始終奉行「心繫百姓、秉公執法」的行為準則，因此深受乾隆信賴，成為第一個被清朝皇帝譽為「真宰相」的漢官。劉統勳以身作則，對劉墉日後從政處事的態度有深遠影響。

劉墉從小聰明伶俐、機智過人。有一天，他和同伴在街道邊玩耍，太后的車隊正好經過，行人紛紛退避一旁。忽然一陣大風吹來，竟然把劉墉的帽子吹到太后車隊的旗桿頂端。

「這該怎麼辦？劉墉，我看那頂帽子就不要了，我們趕緊回家吧！」

「不，那是我的帽子，是風把它吹到旗桿上的，並不是我的錯，我要把它拿回來。」

同伴們都勸劉墉不要冒犯太后，以免惹上不必要的麻煩，可是劉墉卻固執的想要回自己的帽子，於是他走上前，擋在車隊前方。

　　劉墉的舉動使得車隊無法繼續前進，護衛們認為他冒犯太后，已經是大不敬，因此即使劉墉據理力爭，護衛還是不肯將帽子還給他，雙方起了爭執。

　　吵鬧聲驚動了太后，「發生什麼事了？」

　　「啟稟太后，前面有個孩子擋住隊伍，說他的帽子被風吹到旗桿上，要我們把帽子還給他。」

　　「喔，有這種事？」一般百姓見到太后的車隊閃避都來不及了，竟然有人有這個膽量攔下隊伍，而且這個人還只是個孩子。太后覺得有趣，便下令：「把那個孩子帶來見我。」

　　劉墉被帶到太后面前，太后見他生得額頭飽滿、下巴厚實，內心十分欣賞，於是問：「你是誰家的孩子？今年多大了？」

　　「回太后，小民是劉統勳之子，名叫劉墉，今年十歲。」劉墉不慌不忙的跪下行禮，並且朗聲回答，一點也不害怕。

　　太后一聽是劉統勳之子，又見他態度從容，氣度不凡，有意試試他的反應，便設下一道難題：「取回失物雖然合理，但也不應失禮攔車。為了懲罰你阻攔車

3

隊，我雖然允許你拿回帽子，不過，有三個原則，第一，不可以尋求旁人協助。第二，不可以將旗桿放倒。第三，不准踏梯踩物。你必須靠自己的智慧，把帽子從旗桿上取下來，作為阻攔車隊的懲罰，你可以辦得到嗎？」

圍觀的群眾不禁替劉墉捏了一把冷汗。這旗桿有一個半成人那麼高，只憑劉墉小小年紀的身高，如何能取到帽子呢？

沒想到劉墉一點兒也不慌張，他左右觀望了一下，眼珠子轉呀轉的，不一會兒就想到了一個好方法。他笑著對太后說：「啟稟太后，請准許小民將旗桿移到路邊那口井旁。」

到了井邊，只見劉墉充滿自信的把旗桿往井裡一插，旗桿漸漸沉入井裡，他不費吹灰之力就取下了桿頂的帽子。

一旁圍觀群眾見此畫面，無不拍手叫好，連太后都嘆服劉墉的機智，稱讚他將來必定是國家棟梁。

滿心歡喜的太后當下就認劉墉作乾兒子，並且賜給他「穿朝馬」和「串宮燈」。意思是：劉墉可以騎著穿朝馬、拿著串宮燈，在皇宮後院自由進出。從此，他和皇帝是乾兄弟，要進宮見太后，誰也不能阻攔。

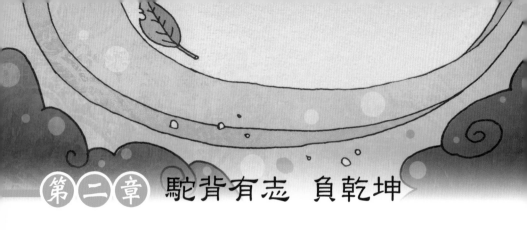

第二章　駝背有志　負乾坤

　　劉墉雖然機智聰敏、滿腹經綸，但是在仕途上，卻沒有直接蒙受父親的庇蔭，到了三十二歲才通過任用官員的考試，算是個大器晚成的人。

　　當乾隆要安排劉墉的官職時，看見跪在臺前的他彎腰弓背，一副謙恭謹慎的樣子，體態上看來有些駝背，就好像背上背了個羅鍋一樣，順口說了一句：「劉墉，你這麼一跪，豈不成了羅鍋啦？」

　　劉墉明知乾隆只是隨便說說，卻假裝糊塗，趕緊磕頭大喊：「謝主隆恩！」

　　乾隆一愣，疑惑的問：「朕說你是個羅鍋，你謝什麼恩呀？」

　　「謝萬歲爺封臣為『羅鍋』啊！按清朝的規矩，皇上親口封一個字，每年就可以多領一萬兩銀子，今日皇上封臣為『羅鍋』，每年就可多領兩萬兩銀子。」

　　「劉墉，朕是說著玩的，只是打個比方而已，並非真正封你為『羅鍋』，這不能算數。」

　　劉墉很認真的說：「萬歲，自古以來君無戲言！皇

上說的話不能不算。」

乾隆心想：「朕只是開個玩笑，怎能平白無故讓他每年白賺兩萬兩銀子？」

這時，劉墉父親的死對頭大貪官和珅看到劉墉即將受封，心裡很不是滋味，又見乾隆神色有異，於是心生一計。

「皇上，歷朝歷代，凡是相貌醜陋、身有殘疾的人，都不能入朝為官。像劉墉這樣背負羅鍋的人，如果讓他入朝為官，外國使節見了，會嘲笑我們大清帝國沒有人才哪！」

和珅這話說到乾隆心坎裡去了。原本乾隆用人，除了個人才學之外，也十分看重外貌、神態是否端正大方。和珅能深得乾隆寵愛，便和他清俊的外表不無關係。

於是乾隆說：「的確如此。劉墉，依據大清朝祖制規定，凡是相貌醜陋、身有殘疾的人，都不能入朝為官。你既然討封『羅鍋』，就是屬於殘疾之人，朕無法給你安排官職。」

聰明絕頂的劉墉立刻反駁：「皇上，『羅鍋』並非殘疾之人。」

「就算羅鍋不屬於殘疾，也是相貌醜陋。從古至今，哪有相貌醜陋的人當官的？」

「啟稟皇上，據臣所知，從古至今，有不少相貌醜陋的人入朝為官，而且還是大官。」

「哦，是嗎？你舉個例子讓朕聽聽。」

劉墉不疾不徐的回答：「皇上應該知道，東漢三國時代，龐統大將軍生得黑面短鬚、禿眉掀鼻，算是相貌醜陋了吧？可是他不僅當上大將軍，還受封為關內侯。由此可見，只要才能卓越，面貌醜陋並不妨礙封侯拜相呀！」

乾隆心想：「龐統的確奇醜無比，後來也真的作了大官。」但乾隆還是心有不甘，便又說：「不過，龐統雖然有將才，卻沒有文采呀！他可以統率軍隊、衝鋒陷陣，可是從未見過龐統的詩詞文章，像這樣只懂武藝的人，不值得一提！」

劉墉知道乾隆有意刁難，眼珠子一轉，又說了：「皇上，東晉陶淵明著有歸去來辭、寫過桃花源記，既當過武官，也作過文官。這個人夠文武雙全了吧！」

乾隆說：
「是不錯。」

「那皇上可知道，陶淵明是個斜眼兒？」

乾隆一愣，「陶淵明是個斜眼兒，朕怎麼沒聽說過呢？」

「皇上，他自己說他是個斜眼兒，從他的詩中就可以明白了。陶淵明有首詠菊的詩，不知皇上記得嗎？」

「朕當然記得，『採菊東籬下，悠然見南山……』」

劉墉說：「對，就是這兩句，這兩句就足以證明他是斜眼兒了！」

「怎麼證明呢？」

「皇上，您想想看，他在東邊採菊，卻能看見南邊的山，這不是斜眼兒才能做到嘛！」劉墉一邊說，一邊還故意作了個斜眼的動作，逗得乾隆哈哈大笑。

劉墉的機智讓乾隆對他刮目相看。和珅眼看劉墉即將過了這一關，心中不是滋味，忍不住又插話：「既然劉墉才思敏捷，不如就讓他效法曹植七步成

詩，以他的羅鍋為題，當場作詩一首，如果作得好，就請皇上給予官職，否則，只能說他善於雕蟲小技，不配為官。」

乾隆也想試試劉墉的文采，就叫劉墉照著和珅說的辦。

劉墉不慌不忙，才走了四步，一首詩便脫口而出：

背駝負乾坤，胸高滿經綸。

一眼辨忠奸，單腿跳龍門。

丹心扶社稷，塗腦謝皇恩。

以貌取材者，豈是聖賢人。

詩一念完，整個朝堂鴉雀無聲，乾隆臉上的笑容也漸漸轉為莊重：「好！你不僅高才博學，而且胸懷大志，將來必定能有一番作為。劉墉，現任江寧知府告老還鄉，朕就命你出任江寧知府，即日上任。」

第三章　騎驢上任　治貪官

　　乾隆欽點劉墉出任江寧知府後，劉墉回家簡單打點好行李，只帶了隨從張成，便騎著毛驢前去上任。

　　「奇怪了，咱們江寧知府可是眾所周知的肥缺呀！通常新知府一接到就職令就馬上飛奔過來了，怎麼這次就任通知都到了半個多月，新知府卻還沒到呢？」

　　「是呀，若從京城到江寧的路程算來，三天前就該到了。我們這幾天在這接官亭裡等，總是不見知府大人的蹤影。瞧！太陽快下山了，看來我們今天又白等了。」

　　接官亭裡大大小小數十位官員、差吏開始收拾東西，準備回城。這時官道上出現了兩頭毛驢，在夕陽餘暉下慢悠悠的走向接官亭，後頭還跟著一個趕驢人。

　　差役發現了，連忙上前阻止：「瞎了眼的奴才！沒看見這是接官亭嗎？這裡不是讓你們休息打盹的地方，再往前走，可不要怪我們把驢腿打斷了。」

　　不料，走在前面的騎驢人卻哈哈一笑，說：「我正是朝這接官亭而來。」

　　差役上上下下打量著這個人，瘦小的個兒，穿的是青布長衫，一身寒酸樣，充其量只是個小商人。後邊那個年輕人，一身僕從打扮，一看就知道是做奴才的。

　　其中一名差役一臉不屑的喝斥：「大膽刁民，竟敢來接官亭胡鬧，你們不怕挨板子嗎？」

　　後方騎驢的年輕人見狀，趕緊跳下驢子大聲說：「放肆，這位就是你們要迎接的新任江寧知府劉大人，聖旨在此，還不跪下！」

　　眾官吏見到聖旨，知道真的是知府大人到了，全都嚇得跪倒在地，磕頭謝罪：「不知大人駕到，卑職等出語冒犯，請大人恕罪！」

劉墉擺擺手，並不想追究。下了驢子，走進接官亭，早有一頂嶄新的四人大轎等著他。劉墉剛上了轎，忽然想起什麼，連忙掀開轎簾吩咐張成：「別忘了給趕驢的錢。」

張成回頭一看，趕驢的人已經走了。原來趕驢人一聽到客人是新任的知府大人，又看到這個場面，早就嚇傻了，哪裡還敢要錢，只好自認倒楣，趁他們說話的時候，悄悄牽著兩頭驢走了。幸好還隱約看得見趕驢人的身影，張成正要追過去，旁邊的差役勸他：「不必追了，就算你追上他，他也未必敢收你的錢。」

張成邊跑邊回答：「不行！不行！要是大人知道欠了老百姓的錢，肯定饒不了我。」

天色漸漸暗了下來，官轎來到城內時，四周早已燈火通明。劉墉第一次來到這座金陵古都，好奇的挑開簾子觀賞街景。路上行人川流不息，看到眾官差簇擁著官轎進城，也不禁駐足觀看、議論紛紛。過沒多久官轎忽然停了下來。

轎旁的官員露出諂媚的

笑容，對劉墉說：「大人初到江寧，連日舟車勞頓，此刻正值晚飯時間，卑職等人在這兒準備了簡單的宴會，要為大人接風洗塵。」

劉墉看著前方店家招牌「怡香樓」，門庭雕梁畫棟，看起來十分豪華，故作不解的問：「這怡香樓是做什麼的？」

「怡香樓是我們城內最有名的酒樓，不但菜色精緻，還設有姑娘作陪的包廂呢！」

劉墉輕輕搖頭，「這不好吧！我才剛到便在這裡吃喝，會遭百姓非議的。」

府丞陪著笑臉說：「大人儘管放心，做屬下的為大人洗塵是人之常情，沒有什麼不妥當的。」

「如此說來，這是各位安排的私宴囉？」劉墉心裡清楚，這些人是想要藉迎接新官的名目，花公款吃喝，所以當下打定主意，要好好整一整這些成天只想貪用公款的官員。他詢問一旁等候的眾官員：「那各位都是自願掏腰包為我洗塵的嗎？」

眾人以為他只是在開玩笑，這年頭哪有人不用公款設宴的呢？所以幾乎異口同聲的回答：「是的！」

「看來我是盛情難卻了。好，那我們就進樓用餐吧！」一群人簇擁著劉墉上樓，二樓大廳裡早就擺滿了八桌豐盛的宴席，山珍海味、蒸煮炒炸樣樣不缺，

令人看了垂涎三尺。

　　大家都入座之後，劉墉向在座官員微笑點頭致意，說：「各位大人，感謝大家破費，為我接風洗塵。今後我如果不努力為百姓做事，真是上對不起皇上，下對不起百姓，還對不起這桌美味佳餚。不過……真不巧，近日我正好腸胃欠佳，不能吃油膩辛辣的食物，這桌美食，我恐怕無福消受。」

　　官員們奉承的說：「這不難，大人能吃什麼，儘管說，我們讓廚子去做。」

　　劉墉笑著說：「不必費心了！我就愛吃山東老家的煎餅捲大蔥，你們南方的廚子是做不出來的。張成，你也最愛這口味不是嗎？去把咱們帶來的煎餅拿來，麻煩店小二給我們來兩碗熱粥就行了。」

　　眾官員盯著滿桌美食，正想大快朵頤一番，現在知府大人不吃，其他人怎麼敢開動呢？

　　劉墉心知眾人想法，輕鬆一笑，說：「各位別在意，你們該吃就吃，該喝就喝，我陪各位大人開宴。」

　　聽到劉墉這話，大家才放下心來，心想：「反正有知府大人在，就儘管吃吧！」

　　酒宴的氣氛熱絡融洽，劉墉吃著煎餅捲大蔥，喝著熱粥，滿臉是笑，還不時勸大家喝酒。吃喝了一會兒，眾官員卸除了心防，原先以為新官上任三把火，

劉公案

肯定會給大家來個下馬威，沒想到劉墉完全沒有架子。大家放開了拘束，有人縱聲歡笑，有人舉杯痛飲，還有人跟劉墉搶煎餅嚐嚐鮮，劉墉也來者不拒，把剩下的煎餅都分給大家了。

　　酒足飯飽之後，有人想起身告辭，劉墉一擺手，臉上似笑非笑的說：「請各位大人等一下。」

　　「不知知府大人有何吩咐？」

　　「天色已晚，既然大家都已經吃飽喝足，也該回家歇息了。是不是請大家先結了帳再走？」劉墉回頭招手，「店家過來，請你們算算帳，我們要回去了。」

　　眾官員面面相覷——他們這些人吃飯，從來沒有結過帳啊！

　　店家也不知這位新大人說的是真是假，只好結結巴巴的說著：「小的不敢！小的不敢！」

　　「吃飯給飯錢，住店給店錢，這是天經地義的事，有何不敢？就先從我算起，我和張成總共喝了兩碗熱粥，多少錢？」劉墉一本正經的說。

　　店家看劉墉是真的要給錢，歡喜得不得了，趕忙說：「熱粥兩碗，兩個小錢，謝謝大人。」

　　張成看出了劉墉心思，不等劉墉吩咐，馬上拿了兩個小錢放在店家手上，大聲說：「這是我們兩人的飯錢，先結清了。再請店家算一算，桌上的酒菜總共多

少錢？」

官員們看到劉墉神情嚴肅，臉上沒有一絲笑容，與先前隨和的態度大不相同，預感事情不妙，趕緊陪著笑臉，小心翼翼的試探：「大人，這種小事，哪需大人親自操煩，等明天我們再派人來結帳就是了。」

劉墉意味深長的說：「身為地方父母官，怎麼能夠因為是小事就不過問？我們既然領朝廷俸祿，就應該公私分明。諸位大人既然說今天的晚宴是私宴，那應該不會用官府的銀子結帳吧？」

眾官員這才明白劉墉堅持只吃煎餅捲大蔥的原因，不過此刻他們也只能在心中暗暗叫苦。

店家看出來劉墉是位清官，而且位階在這些官員之上，心裡非常高興，從前酒樓常被官員們白吃白喝，不趁此時算帳，要等到什麼時候？於是他趕緊拿起算盤，霹霹啪啪算起帳來，不一會兒就算清了數目。店家向劉墉報告：「今天的酒菜錢總共一百零六兩銀子，加上從前欠的八百二十兩，總共是九百二十六兩銀子。」

官員們氣急敗壞的說：「今天的帳歸今天的算，哪有算舊帳的道理？」

劉墉不理眾官員，接著問店家：「這些欠帳是

怎麼回事？」

　　店家看今天有人為他撐腰，也不管其他官員在一旁急得吹鬍子瞪眼睛，恭敬的回答：「這些欠帳是諸位大人在本店吃喝所欠下的飯錢。」

　　「噢，原來如此。」劉墉目光嚴厲的掃視在座官員，問：「請問諸位，這些飯錢是個人私宴欠下的，還是公宴欠下的？」

　　此時大家已知情勢不妙，哪裡敢說是公宴欠下的，紛紛回答：「是私宴欠下的。」

　　劉墉說：「好！既然是私宴欠下的，各位就沒有濫用公款的嫌疑，那我就放心了。不過，為官者應當愛民如子，豈能欠帳不還？各位欠店家的九百二十六兩銀子，就請諸位大人平均攤還再離開。」

　　眾官員這下可全傻了眼，你看看我，我看看你，雖然心裡對劉墉恨得牙癢癢的，可是自己理虧，誰也不敢說什麼。這些平常白吃白喝慣了的官員，這次可真是踢到鐵板，有帶銀子的連忙掏給店家，沒帶銀子的急忙派人回去拿。過沒多久，九百二十六兩銀子就一文不少的交到了店家手上。

　　隔天，這件事傳遍了江寧城，大家都稱讚劉

墉新官上任的第一把火，就讓這些魚肉百姓的貪官受
到了懲治，大快人心。

第四章 卸任送靴 得民心

陽光初露臉，露珠兒還懸在草葉尖，平日早晨清幽的江寧城，此時卻是萬頭攢動。老百姓攜家帶眷來到接官亭前，有的擔著酒、牽著羊，有的挑著鮮果蔬食，官道兩旁早已擺滿了各式禮盒。

「快、快呀！遲了就送不到大人了！」

「借個道兒！借個道兒！劉大人對我們恩重如山，這禮可不能漏了！」

有人遠遠望見劉墉騎著毛驢正向接官亭走來，連忙呼喊：「劉大人來了！」兩旁百姓不假思索蜂擁而上，把劉墉和隨從一行人圍了個水泄不通。

原來，今天是劉墉離任的日子。

自從劉墉被乾隆皇帝欽點為江寧知府，因為政績卓越，不滿三年就升了官。今日他就要離開江寧，滿城百姓無不扶老攜幼前來送行。

「劉大人，這幾年江寧城百姓仰賴您矯正種種弊端，才能重享安居樂業的日子。今日大人升官，我們都感到又喜又憂。喜的是大人將來必定飛黃騰達；憂

的是今後再也見不到像您這樣的清官了……」一位老漢說著說著，不禁痛哭失聲。

幾個老農也搶上前說：「大人，我們準備了微薄的豬羊美酒，供大人在路上享用，請大人不要拒絕我們一片誠心厚意。」

劉墉趕緊跳下驢子，握著鄉親們的手說：「多謝眾位鄉親的濃情美意！我劉墉何德何能，竟讓大家特地來送我。這情我心領了；這禮卻是萬萬不能接受。各位鄉親家裡的日子也都不寬裕呀！」

以廉潔自持的劉墉，穿著一身洗得發白的官服，腳蹬一雙經過工匠修補的破官靴，上任之初騎著一頭瘦驢，鮮少坐轎騎馬；離任之時依舊兩袖清風。

「劉大人！」一位老婦人從人群中奮力擠出來，「咚」的一聲跪倒在地，雙手捧著一雙新鞋。「您體恤鄉親，別的禮物可以不收，但我親手縫製的這雙鞋，請您務必要穿上。」

「這是為何？」

「大人穿上老百姓縫製的鞋，腳跟就站在我們這一邊哪！」

「對，對，劉大人換上百姓的這雙鞋，永遠跟老百姓站在一塊兒。」

「好一個『永遠跟老百姓站在一塊兒』！我這就穿

上。」劉墉說著，脫下舊靴，換上新鞋。「從今以後，不論走到哪裡，我都跟百姓站在一塊兒，一步一腳印，絕不走偏了。」

「大人，請把這雙舊靴送給小民吧！我開客棧六十幾年，達官貴人見得多了，卻沒見過哪個官員的靴子像這個樣子……」一位老漢大喊著。送行的百姓盯著劉墉那雙不知補過幾次的官靴，更是感念他勤儉的作風。

老漢又說：「我要把它擺在我的客棧裡，給咱們江寧父老做個紀念，讓江寧子弟永遠記住大人恩澤，也讓往來過客瞧瞧咱們前任的江寧知府，是怎樣一步一步走過來的。」

婉拒不了老漢的要求，劉墉留下了舊靴，才依依不捨的與百姓們告別。他在擔任江寧知府期間，鬥權貴、破奇案、查民情、得人心，雖然剛進入官場不久，卻已經贏得了清廉正直的美名。

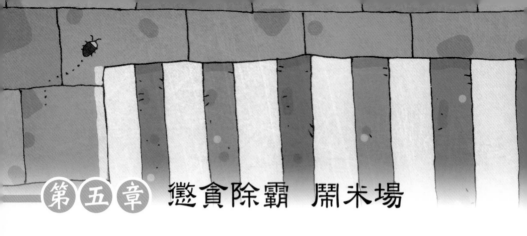

第五章 懲貪除霸 鬧米場

　　整個京城籠罩在驕陽的烈焰之下，逼人的暑氣彷彿就要吞噬大地，這樣的天候已經不知持續了多少時日。乾涸見底的河床已不見生機，龜裂的農地宣告農作歉收。這是一場百年未見的大旱，百姓缺衣少糧，只能依賴朝廷賑災救濟，才能勉強過日子。

　　這一天，新任督察院御史的劉墉帶著隨從張成、劉安來到深州探訪民情，一路上看見許多災民往京城方向逃難，心想：「這次的旱災，朝廷已經下旨發放米糧救濟災民，為何還有人出來逃荒？這其中必有緣故。」於是走上前去詳問緣由。

　　「先生有所不知，那些深州官員剋扣賑糧，百姓有苦難言哪！」說起放糧，災民們紛紛搖頭，「朝廷明明寫米糧賣三百錢一斗，官府卻賣四百錢一斗，而且一斗只有七升，七升裡面，賣米的衙役還要扣一勺子。」

　　「居然有這種貪官？他們真的那麼無法無天？那多賣的銀兩到哪兒去了？」

「還能到哪兒去？州官拿七成，剩下的就歸衙役跟班的了。先生如果不信，到深州米市一看便知。」

當天晚上，劉墉和張成、劉安商議好對策，準備嚴懲貪官。

天剛破曉，深州米市旁已經人山人海，拎著布袋、挑著擔子、推著獨輪車的男女老少，把米市擠得寸步難行。

劉墉一身農民打扮，頭戴破草帽，身著粗布衣裳，腳穿草鞋，肩上背著一口破布袋，一個人來到米市。他看天候尚早，還沒有開始賣米，就把破布袋往地上一鋪，坐在地上，和一旁等待買米的老人家攀談起來。

「老人家，我是第一次買米，不知道怎麼買，您可以教我嗎？」

「過一會兒，會有一個衙役出來賣領米的牌子，四百錢一個，等你買到了牌子，再到北邊領米。」見劉墉一臉誠懇，老人家也不藏私，將買米的方法、該注意的地方都說清楚。

話剛說完，就聽見衙門外一個差役高喊：「開始賣牌子了！」市場人群蜂擁向前，你推我擠的，就怕買不到牌子。劉墉夾在人群之中，費了好大的勁兒才擠到衙役面前，把錢遞上說：「我要買一斗米。」

衙役接過錢，數了數，冷冷的說：「還差一百錢！」

劉墉故意裝作不了解，問：「請問多少錢一斗？」

「四百錢一斗。」

「可是朝廷不是說三百錢一斗嗎？」

「知州大人說怎麼賣，我就怎麼賣。哪裡管什麼朝廷啊！」

劉墉無可奈何的嘆了口氣：「唉，我錢不夠，只好明天再來了。」

劉墉離開衙門，走到北邊領米處，見賣米的量斗果然比一般的斗小了許多，而且衙役裝好一斗米之後，又往外舀出一勺。

看到這裡，劉墉再也忍不住怒氣，衝上前把斗搶了下來，大聲斥責：「聖旨上明明寫了一斗十升，你這一斗卻只有七升，量完還要舀出一勺。如此層層剝削，要百姓如何生活？」

衙役看劉墉身穿粗布衣裳，一副飢民模樣，竟敢多管閒事，便怒罵：「老子賣幾升就是幾升，皇帝都管不到我，你這老傢伙多嘴什麼。看來你是皮肉兒發癢——欠揍。」

旁邊衙役看見有人鬧場，一下子全圍了上來，不管三七二十一，「噹啷」一聲，就把一道鎖鏈套上劉墉

劉公案

的脖子，還把他拉到了衙門。

深州知州閔上通聽說有刁民大鬧米市，正要升堂審問，一名衙役卻匆匆跑來說：「啟……啟稟大……人，現在有萬歲爺欽……欽點的御史……劉墉……劉大人的大轎就快到了，請……老爺前去迎……迎接。」

閔上通心想：「早就聽說劉墉足智多謀、斷案如神，喜歡喬裝成百姓暗中訪查。今日來到深州，說不定早已混入人群中，如果讓他知道我哄抬米價……」一想到這裡，閔上通心裡忐忑不安，趕緊命令衙役把待審的刁民鎖在米市警告百姓，自己則急急忙忙到衙門外迎接。

不久，劉墉的官轎已來到州衙大門之外，閔上通連忙迎上前去，跪下叩頭，說：「下官深州知州閔上通參見欽差大人，不知大人駕到，如有怠慢的地方，還請大人恕罪！」

「閔大人，」張成出聲威嚇：「劉大人早已來到深州米市，卻與我們失去聯繫，到現在下落不明，你還不快去尋找劉大人！若出了半點差錯，你要怎麼負責？」

欽差在這裡失蹤，他可脫不了關係，這可是件要 29

人命的大事呀！閔上通嚇得心驚膽顫，馬上命令所有差役全力尋找。不一會兒，一名衙役慌慌張張跑來報告：「啟稟大人！鎖在米市上的人說他就是新任督察御史劉墉。」

閔上通大驚失色的說：「你說的是真的嗎？」

「卑職在查問他的姓名時，他本來自稱是李家鎮人，但是卑職就在李家鎮長大，從未見過他。仔細盤問，他才說他是山東諸城人，叫做劉墉。」

閔上通仔細推敲：「劉墉一大早就來到米市察訪，一定是查出了端倪，所以才會大鬧。對呀！除了他，誰有膽子和官府作對呢？看來他真的是欽差大人劉墉……」想到這裡，他不由得嚇出一身冷汗。

張成、劉安見閔上通臉色青一陣、白一陣的，知道時機已經成熟，於是半押著閔上通，喝令左右帶路。一行人來到米市，果然看見劉墉被鐵鍊鎖住，張成、劉安連忙上前將鐵鍊卸下、打開木枷。

閔上通見狀，趕緊雙膝跪地，磕頭如搗蒜，顫抖

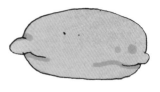
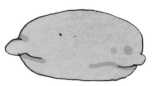
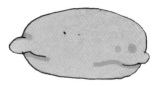

著說：「下官有眼無珠，冒犯欽差，請大人恕罪！」

「你冒犯了我，罪不至死，但是你堂堂一州之長，竟然違背聖命、剋扣米糧，使百姓生活更加困苦，四處逃荒，你可知罪？」

閔上通面如死灰，不停的說：「下官知罪。」

「現在命你將所扣的米糧、多收的銀兩全部登記造冊，州衙帳務一律查封，聽候處置。」

三天之後，劉墉坐在公堂上，除去閔上通的官職，發配軍中效力；其餘大小衙役將不法所得全數充公，並且不再錄用。劉墉又念深州饑荒，便從公款中撥出經費，發給百姓每人五十兩作為生活費，而發放米糧的事宜則依照朝廷旨意辦理。

消息一出，深州百姓歡欣鼓舞——他們終於吃到三百錢一斗的米，可以平安度過可怕的旱災了。

第六章 天災人禍 民不聊生

劉墉正直清廉，深得民心，加上他又憂國憂民，勤於政務，只要是他所到之處，都能興利除弊、整肅綱紀，那些貪官汙吏，無不對他恨得牙癢癢的，想找機會陷害他。可是朝廷裡正直的大臣對他推崇備至，連乾隆也非常欣賞他的機智和才幹，因此劉墉官運亨通，到了乾隆四十七年，已經當上了吏部尚書。

這一天，劉墉下了朝，坐上官轎進入街市。

京城一向富庶繁華，街市裡政商來往、店鋪林立，許多老字號的店家都豎著漂亮的旗幟吸引過客。此時大街上正是人來人往、車水馬龍、熱鬧非凡的時段，每日劉墉回家必定會經過這裡。

「各位大爺行行好，我們餐風露宿，走了幾千里路才來到這裡，實在餓得發慌，請好心的大爺給個乾糧或賞口飯吃吧！」

「是呀！大爺可憐可憐我們吧！」

南來北往、行色匆匆的人群中，忽然起了一陣騷動，原來大街上不知何時來了一群衣衫襤褸、滿面風

霜的難民，伸著枯瘦的雙手在街道旁乞討。

「咳！你們是打哪兒來的乞丐呀？快閃到一邊去吧！前方劉吏部的官轎就要往這兒來了。」

「劉吏部？是咱們山東老鄉劉墉、劉大人嗎？」

「一定是的！不如我們去求劉大人救救咱們山東鄉民吧！」一群人推推嚷嚷的往官轎走去，一路喊著：「劉青天！劉大人！」

劉墉忽然聽見呼喊聲，心中納悶，掀開轎簾一看，發現街道旁難民三五成群，操著山東口音喊著：「劉青天！劉大人！」他猜想這些難民應該是從山東逃難而來，趕緊吩咐停轎。

「看各位鄉親面容愁苦，是山東發生了什麼事情嗎？這裡是京城重地，請大家不要推擠吵鬧，慢慢說給我聽好嗎？」

難民們紛紛跪倒在轎前陳情：「劉大人，咱們不敢在天子腳下任意胡來！只是山東老家三年來，不是乾旱就是水災，田地無法耕種，作物無法收成，百姓沒有米糧可吃，但官員不顧百姓死活，還是硬逼我們繳

稅，大家只好四散逃難。」

劉墉大吃一驚，說：「我在京城裡只知道山東年年豐收，從來沒聽說有什麼災害，現在山東到底是什麼情況？」

一名老翁苦著臉，娓娓道來：「山東地區三年前遭遇一場前所未有的大乾旱，造成土地乾裂、五穀不生。無奈屋漏偏逢連夜雨，異常的天候不停出現。好不容易捱過了酷熱的旱季，隔年要收成時，竟然下起冰雹，導致作物損失慘重無法收成，秋苗也無法插秧。到了去年三月又開始下起大雨，雨勢之大，前所未見，到處一片汪洋，陸上都可以行船了。」

「是呀，大人！連年天災，使糧食價格高漲，我們窮苦人家買不起米糧，只能吃樹皮、水草過日子，真是苦不堪言呀！」旁邊的難民也跟著訴苦。

「村子裡有的人實在熬不下去，只好賣兒女換米糧，才能養活家裡的長輩……」一名婦人說著說著，不禁哭了起來。

「更可恨的是，竟然還有人設立『賣人市』，每天上演生離死別的劇碼，那些孩子哭喊爹娘的聲音真令人鼻酸。可是，官員都不管，我們老百姓哪有辦法呢？」

劉公案

「劉大人，咱們這群逃往京城的難民，心裡總是

想著：天高皇帝遠，皇上遠在京城，看不到我們的苦。乾脆逃來京城，說不定能遇到個好官，願意幫我們說話，請皇上解救山東的饑荒。」

「這不就碰上劉大人了！請大人為咱們山東鄉民請命啊！」

劉墉聽到這些陳情，心中感慨萬分，嘆息說：「這樣的天災真是前所未聞啊！這山東巡撫國泰是怎麼當的，怎麼能隱藏災情呢？我這就向皇上報告，讓皇上發放白米、賑銀，救助災民。」

「謝謝劉大人！這樣一來，咱們山東就有救了！」

「果然是劉青天呀！」

心繫災民的劉墉立即回到府中寫好奏摺，再度進宮求見皇上。此時，乾隆正在御書房批閱奏章，和珅站在一旁伺候。

「皇上，山東天災不斷，請您解救山東百姓！」劉墉雙手呈上奏摺，並將山東難民的陳情一五一十的稟報。

聽完劉墉的話，乾隆抽出一份奏摺——正是山東巡撫國泰的

摺子，上面寫著：「山東一省風調雨順、物豐民富。」

「劉墉，山東巡撫國泰所奏和你陳述的情況也差太多了吧？」

「皇上，這其中必有緣故，請皇上明察！」劉墉雖不知實情，但已經隱約感到事情並不單純。

「……和珅，國泰是你的表兄弟，依你的判斷，到底誰是誰非呢？」

「啟稟皇上，國泰雖是臣的表弟，但臣絕對不會偏頗。只是……依臣看來，劉墉在京城為官，只是聽說災情，並非親眼所見；國泰是山東巡撫，人在當地，他所上奏的應該才是實情。」和珅向來與劉墉不合，這次正巧讓他找到機會，故意在乾隆面前挫挫劉墉的銳氣。

乾隆聽了和珅的分析，覺得有理，於是批准國泰奏章，要國泰照章開徵國稅。

劉墉心裡著急，卻苦無證據，只好先行告退。和珅望著劉墉的背影，露出小人得志的笑容。

劉公案

第七章 以荒報豐 殘殺賢良

山東街道上，京城來的官差來去匆匆，滾滾黃沙漫天飛揚，不久又落入塵土，山東百姓引頸企盼的白米和賑銀，這次又落了個空。

「辛苦了，請稍作歇息，吃個飯再走吧。」巡撫國泰接到聖旨，露出得意的笑容，心情愉悅的招呼著官差。

「不敢、不敢，小的還得回京覆命。對了，小的離開前，和珅大人特地拿來書信一封，說要轉交巡撫大人。」

「是嗎？多謝了。」國泰送走官差後，連忙回到書房看信。

「原來又是劉羅鍋多事，還好表哥腦筋轉得快。不過，我在山東呼風喚雨，沒有人敢不聽我的，只要瞞住了皇上，我就可以繼續作威作福，就算是劉羅鍋也拿我沒辦法。」

國泰隨即發出徵稅的告示，山東各地的衙役一收到通知，便忙著向百姓徵收米糧。

「大人，這些年又是乾旱又是洪水的，我們連養家活口都有困難，哪有米糧可以上繳呢？」

「這我們也沒辦法，上頭交代了，如果繳不出稅，就要把人押到縣衙重打四十大板，還要罰扛大枷遊街示眾。」

「可是……就算把我們打死了，沒有收成就是繳不出稅呀！」

山東省一共有九州十府一百零八縣，繳不出稅的人家太多了，一時之間，扛枷的百姓填滿了街市，幾乎無法移動。

看到百姓飢餓連年，又受到扛枷刑罰，山東舉人＊陳貞明和郭大安於心不忍，相約到巡撫衙門為百姓求情。

「巡撫大人，山東連年天災，百姓民不聊生，難

劉公案

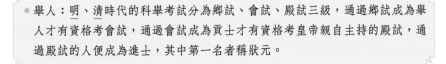

＊舉人：明、清時代的科舉考試分為鄉試、會試、殿試三級，通過鄉試成為舉人才有資格考會試，通過會試成為貢士才有資格考皇帝親自主持的殿試，通過殿試的人便成為進士，其中第一名者稱狀元。

以上繳國稅。懇求巡撫大人同情可憐的百姓，暫且釋放百姓回家，等到豐收時再叫他們把欠的稅繳回來吧。」

他們說的是實情，可是聽在國泰耳裡，就好像在指控他身為地方官卻不體恤百姓，刺耳極了。國泰怒火上升，驚堂木一拍，指著他們：「我怎麼會不知道山東連年天災，無法收成？但是聖旨都下來了，皇上命我催收國稅，我能抗旨嗎？你們來這裡說情，是在指責我不疼惜百姓嗎？」

「小民不敢，但求大人為山東百姓請命，暫緩徵收國稅。」

國泰心想，如果他們上朝廷告狀，皇上怪罪下來，他可就保不住這官職了！乾脆一不做二不休……

「哼，你們別以為自己是舉人，就想要收買山東民心，幫助你們造反。有我國泰在這兒哪能讓你們的奸計得逞？今日既然知道你們想要謀反，我怎能縱虎歸山？我得替皇上斬草除根。」國泰一聲令下，竟把兩人以「謀反」罪名斬首示眾。

消息傳到進士張文士耳中，他不禁氣紅了眼，急急忙忙來到巡撫衙門，也不顧國泰正在升堂問訊，自顧自的闖入公堂質問：「巡撫大人，陳貞明和郭大安不過是為民請命，身犯何罪？你竟然將他們斬首！」

國泰說：「大膽張文士，竟敢隨便闖入公堂，眼中還有沒有本巡撫？哼！告訴你也無妨，他們有叛國之心，所以必須斬草除根。」

「你空口無憑，竟敢胡亂殺害國家命員。仗著西宮娘娘是你妹妹，就任意妄為。來，來，來，我們一同進京面奏皇上，請皇上裁決，我看你這狗官還當不當得成！」

國泰一聽這話，氣得猛拍驚堂木，大聲斥喝：「好一個張文士，以為你是進士，就能恐嚇本巡撫了嗎？敢威脅我，你和陳、郭二人一定是同夥，準備謀反。來人啊！把他推出去斬了。」

國泰濫殺無辜的舉動，讓山東人民更加惶恐不安，各州縣的舉人、進士更是對張文士等人的冤死感到不平。其中有九位進士私下湊集了銀兩，一同進京告狀，想為張文士等人平反。但第一關就走錯了地方，他們把狀紙投到負責監察文武百官的都察院，裡頭的官員是和珅的同黨，和珅早就打點過了，一有人狀告國泰，和珅馬上知情，並且暗中指示辦理。所以狀紙硬生生被扣了下來，官員還以胡亂告狀的名義，將九名進士每人杖打四十大板，然後派人將他們押回山東。

　　一看見被押解的九個進士，國泰不禁惱羞成怒，驚堂木一拍，大聲喝斥：「你們真是自找死路，不要說你們告到都察院，就是告到皇上面前，也是徒勞無功。天堂有路你不走，地獄無門偏要闖。」國泰一聲令下，竟將九名進士全部斬首。

　　這十二名冤死的賢良心有不甘，冤魂遊蕩在陽世間，等待正義公理降臨……

第八章 代墊錢糧 無端獲罪

山東恩縣城外有一個左家莊，莊內大財主叫左廷璧，家中騾馬成群、田地千頃，還開設了當鋪、雜糧店、珠寶店、綢緞鋪等店面，家產無可計量。左廷璧三代行善，惜老憐貧。平日修橋鋪路、冬季捐贈棉大衣、夏季布施茶梅湯，因此人人稱他左老善人。

莊內人家都說左家三代行善，累積了豐厚的陰德庇祐，所以左廷璧老年得子，他的兒子左都恆極為爭氣，年紀輕輕就中了進士，還生了一個聰慧的兒子叫左連城。左廷璧年紀大了，因此龐大家業都由左都恆掌管。

這一天左都恆帶著管家左紅要上當鋪查核帳目，主僕二人騎馬進了恩縣城，昔日人來人往的熱鬧景象不再，只見百姓扛著大枷，各個面容憔悴，骨瘦如柴，拖著瘦弱的身軀，舉步艱難，而跌坐路旁的人更是餓到幾乎無力呻吟。

左都恆雖然對百姓繳不出稅、被罰遊街有所耳聞，今日目睹人民慘狀，仍然大為震驚。

有人眼尖認出了<u>左都恆</u>，連忙大喊：「各位鄉親，咱們有希望了，那不是<u>左</u>大善人進城來了嗎？」

百姓們看到<u>左都恆</u>，彷彿遇到救星，紛紛跪在地上哭喊：「<u>左</u>大爺救命！」

「各位鄉親請起，如果我微薄的力量能解除大家的困苦，我一定盡力而為。只是，我該如何才能解救各位呢？」

「<u>左</u>大爺，我們因為連年歉收，無法繳稅，現在被上枷遊街，更是繳不出來了。請求<u>左</u>大爺在縣官面前討個人情，讓我們回家變賣田產來繳稅。」

<u>左都恆</u>說：「請各位放心，我現在就去向縣官求情，解除大家扛枷的刑罰。雖然我和縣官<u>任三封</u>素無來往，不過以我父親在地方上的名望，縣官應該多少會賣點面子給我。至於糧稅該如何繳，我們可以再討論看看。」

「謝謝<u>左</u>大爺，<u>左</u>大爺對我們恩重如山。」

<u>左都恆</u>快馬加鞭來到縣衙，就看見知縣<u>任三封</u>正在催逼百姓繳稅。他急忙走上公堂鞠躬行禮：「小民<u>左都恆</u>叩見知縣大人！」

<u>任三封</u>見<u>左都恆</u>姿態凜然的站在公堂上，知道他無事不登三寶殿，原本想叫衙役趕他出去，可是<u>左廷璧</u>的面子不能不顧，只好客套的說：「原

來是左兄到了，今日到來不知所為何事？」

　　「知縣大人，我的確有一事相求。山東百姓因為天災，連吃穿都有問題了，哪有錢繳納糧稅？今日進城，看見滿街扛枷百姓，心中不忍，所以前來懇求大人暫且釋放百姓回家，等來年豐收，百姓必當加倍繳稅。」

　　任三封搖搖頭，說：「左兄，這山東連年歉收，我怎會不知道，只是上頭向我催稅，我必須如期覆命呀！」

　　左都恆衡量情勢，心想：「如果要救這些貧苦百姓，恐怕只能由我先代為繳納糧稅了。」他下定決心對任三封說：「別的地方我管不到。不過……這恩縣所屬各村貧民所欠的稅，可否由我替他們繳？」

　　有人願意代繳國稅，就可以向上頭交差了。可是

任三封偏偏是個膽小怕事之人，顧忌這顧忌那的，就怕得罪了國泰。於是他笑著說：「左兄真是仁義心腸，為了解救貧民竟然願意代繳國稅，本官當然樂見其成，只是巡撫大人不知會怎樣想……是不是能請左兄和我一起去向巡撫大人報告，讓大人決定比較好呢？」

左都恆見任三封身為地方官，不但不能和人民站在同一陣線，為民發聲，反而遇事猶豫不決，只想著保住官位，不敢得罪上司，心中一把無名火上升，憤憤的說：「知縣大人既然不敢做主，我能不答應嗎？別說是去見巡撫大人，就是面見皇上我也敢去！」

國泰的暴虐行徑在山東無人不知，誰人不曉。左都恆壓抑著滿腔怒火來到巡撫衙門，讓管家左紅為他擔心不已，忍不住輕聲提醒：「巡撫大人權傾一時，少爺說話可要多加小心呀！」

巡撫衙門的衙役走上前詢問：「兩位為何事上公堂？」

任三封說：「恩縣知縣任三封帶縣民左都恆，為催收國稅一事，特地來求見巡撫大人。」

國泰一聽是為了國稅而來，立刻升堂：「任知縣，你不在恩縣衙門催收國稅，來這裡做什麼？」

「卑職正是為國稅的事前來。今日恩縣有一財主，願意為縣內納不出稅的貧窮百姓代墊錢糧，卑職不敢

擅自答應，特地帶他前來請示大人。」

國泰聽說有這樣的財主，不禁心花怒放，如此一來，恩縣國稅皆可清完，他開心都來不及了。不過他念頭一轉，又想：「既然這頭肥羊自己送上門，不趁機好好敲他一筆，豈不是很可惜？」隨即問道：「恩縣有這樣的善人財主當然很好，不知道他叫什麼名字？」

任三封指向左都恆：「就是此人，名叫左都恆，是進士出身，也是恩縣左家莊第一大財主。」

國泰喜形於色，向左都恆說：「原來是左進士，久仰大名！左進士既然有心解決百姓之苦，只代墊一縣的錢糧算不上什麼幫助，不如將山東十府九州一百零八縣所欠的部分全都墊了，才稱得上是大財主。另外，本巡撫還想向你借八百萬銀兩，好讓我能拉攏一些大人，等我升官，一定全數奉還，絕不食言。」

左都恆心知國泰有意敲詐，雖然心中憤怒，還是態度恭敬的說：「大人，以我左家的能力，代墊恩縣一縣窮民的錢糧還可以；若是要我墊一省的錢糧，加上大人要借的八百萬銀兩，恐怕就無能為力了。」

國泰見左都恆不願獻銀，嘴角牽動幾下，忍著不悅，沉聲說道：「如此說來，你是不相信本巡撫的能力，所以不肯借銀囉！」

左都恆從前耳聞國泰暴虐無道的行徑，早就對他

劉公案

深惡痛絕。今日見他果然行事囂張，公然於大堂上敲詐百姓，內心憤慨萬分，衝口說出：「我左家歷代行善積德，只為造福鄉里。你身為山東巡撫，不把山東百姓的痛苦放在心上，反而加重稅賦、壓榨貧苦人民，算什麼地方父母官！」

被左都恆言語一激，國泰怒上加怒，大聲斥喝：「好一個左都恆，說什麼要為百姓代墊錢糧，原來是對本巡撫不滿，暗地裡想要買動百姓之心，趁機反叛國家。今天你自投羅網，本巡撫必定讓你再也無法在山東作亂。」他喝令左右衙役將左都恆推出去斬首，並隨即貼出告示：「進士左都恆意圖收買民心，作亂山東，今日捉拿到案，斬首示眾，以示警惕，所有百姓最好安守本分，別再生異心。」

第九章 為父申冤 上告御狀

　　管家左紅在巡撫衙門外左等右等，始終不見左都恆，急得如熱鍋上的螞蟻。沒想到最後等到的竟是左都恆被處死的噩耗，連忙奔回左家莊報信。

　　左紅前腳剛踏進莊園，喊著：「老爺！老爺！」卻忽然住了嘴，心想：「老爺年紀大了，怎麼禁得起這白髮人送黑髮人的打擊呢？可是……紙終究包不住火，該怎麼辦才好？」

　　左廷璧在大廳裡聽到左紅的叫喚，以為左都恆回來了，卻只看到左紅一個人進屋，而且神色有異，心裡覺得疑惑，不等左紅開口就急忙問：「發生什麼事？」

　　左紅不敢隱瞞，一五一十的將事情說了一遍。左廷璧聽到愛子竟被斬首，一口氣堵在咽喉喘不過來，「咕咚」一聲，暈倒在地。

　　左紅連忙扶起他拍胸捶背，家丁們搧風的搧風、端茶水的端茶水，全都慌了手腳，亂成一團，吵鬧聲驚動了樓上的左老夫人和少夫人馮氏，兩人來到前廳

看到狀況，也幫忙呼喚左廷璧。過了不久，左廷璧緩緩醒了過來，一想到左都恆惹禍上身，就痛哭不止。左老夫人和馮氏得知來龍去脈，也是哀痛欲絕。左家上下陷入一片愁雲慘霧之中。

　　烈烈陰風捲起黃沙落葉，隱隱吹動南門木籠上的封條，上頭寫著「叛逆左都恆首級」；南門下，百姓交頭接耳、議論紛紛。因為畏懼國泰威勢，人們不敢大聲張揚，等到巡撫官差一走，那些請求左都恆幫忙求情的百姓終於再也忍不住，紛紛跪地，淚流滿面的對著左都恆首級磕頭，在街頭巷尾引起了陣陣騷動。

　　「左家三代行善，左都恆為救貧民免除扛枷之苦，竟然被冠上反叛的罪名，甚至身首異處，天理何在啊！」

　　「這任知縣真是沒有擔當，逼得左善人親上火線，面對暴虐貪財的國泰，才會引來殺身之禍。」

　　「唉！為了催繳國稅的事，聽說國泰已經殺了好幾名求情的進士。想不到左善人為咱們求情也不成，這國泰也未免太過分了！」

　　「噓——現在我們自身難保，說話可要小心點。可憐的是左老善人失去了愛子，一定悲痛得不得了！」

　　「唉……」

　　周氏學堂的老師周學究教學嚴謹，在恩縣頗負盛

名，<u>左連城</u>從小就在這裡念書。<u>左都恆</u>被殺這天，<u>左連城</u>正在學堂裡讀書。書童突然間走進書房，支支吾吾的說：「少爺……外面都在說……說老爺出事了。」

<u>左連城</u>忙問：「我爹爹出了什麼事，你快說給我聽。」

「外……外面說，老爺為了替百姓納糧，惹得巡撫震怒，結果就被……被……被斬首了，現在首級掛在南門上示眾……」

<u>左連城</u>大吃一驚，趕緊衝出書房，一口氣跑到南門，果真見到一個木籠，籠面貼著寫有「叛逆<u>左都恆</u>首級」的封條。

<u>左連城</u>見了，晴天霹靂，雙腿一軟，跪倒在地，大哭不已。一旁民眾見他小小年紀，即遭此喪父之痛，

也只能默默拭淚，說好話安慰他。

　　哭了一陣子，左連城漸漸止住眼淚，心中暗想：「我再哭也救不活爹了。但爹死得如此冤枉，這口氣我實在嚥不下去。國泰，你這小人，我不會放過你的。」於是他忍住悲痛，朝著木籠磕了幾個響頭，暗暗祈禱：「爹，您要保佑我，我一定會替您報仇的。」

　　左連城頹喪的回到周氏學堂。

　　左思右想，覺得只有上京告御狀可為父親申冤，因此跪在周學究面前，哽咽的說：「老師，學生剛到南門去，果真見到我爹的首級，上面還被貼了反叛的封條……」說到這兒，他用袖子抹去淚水，語帶堅毅的說：「學生要去京城向皇上告狀，求老師幫我寫一張冤

狀，等我從京城回來，再報答老師的大恩大德。」

周學究搖搖頭不表贊同，說：「你才十一、二歲，從沒離過家，既不認得往京城的路，也不知要到哪裡去告狀，我勸你先認真念書，有朝一日金榜題名時，再幫你爹報仇也不遲。國泰是皇親國戚，許多官員都不敢惹他，如果你現在去告他，恐怕不但無法成功，反而會白白送命。」

「老師，不要看我年輕懵懂，為了報仇，就算是赴湯蹈火，我也死而無憾。請老師幫我寫冤狀吧！」

周學究連連搖手：「唉！你有所不知，國泰是山東巡撫，在地方上的勢力，就好像京城外的天子一樣，他父親、兄弟都是朝廷高官，妹妹又是皇上的西宮妃子，只要他在皇上面前說一句話，抵得過我們說千百萬句啊！不要說你告的是國泰，就是要告他的手下也告不成。你可知道，前些日子為了徵收國糧的事，前後有十二名舉人、進士被國泰殺害，大家都敢怒不敢言。你這一去必然凶多吉少，這張冤狀我不能寫。」

左連城聽說已有多人無辜枉死，更加深他進京申冤的決心。他見周學究膽小怕事的樣子，生氣的說：「我是年輕、幼小、無知。不過，老師把國泰看得那麼厲害，我卻視他如糞土；老師怕他，但我不怕他。您既然不敢得罪他，那我只好到別處請他人寫冤狀了。

真是枉費我們這麼多年來的師生情誼。」

　　周學究看左連城說得義憤填膺，明白他是真的下了決心，便不再堅持，說：「左連城，連你這十多歲的孩童都不怕死，我這個五十多歲的人難道會怕死嗎？我幫你寫冤狀就是了。」

　　周學究嘆了口氣，提筆時，口裡還喃喃念著：「這不知天高地厚的小子，說我怕……我哪兒怕了？只是憐惜你呀！」

　　不一會兒，周學究寫好冤狀，反覆念了念，覺得沒有問題後，又命令左連城記熟內容，才將冤狀折好，並囑咐他：「你如果到了京城，必須將冤狀交給坐轎的官，騎馬的官位小，恐怕沒有膽量接下你的冤狀，反而會誤了大事。還有，告狀之前，你要先打聽清楚他是旗官還是漢官，如果是旗官，就有可能是國泰親戚，最好要避開。你知道了嗎？」

　　左連城感激的回答：「學生記住了，謝謝老師。」

　　回到家中，左連城快步走到母親馮氏的房間，說：「娘，請您幫我準備一個小包裹，爹爹枉死在貪官手中，孩兒要上京城去告狀，為爹爹申冤。」

　　馮氏心中一驚，暗自思索：「現在左家只剩他能夠傳承血脈，雖然說替父親申冤是天經地義，但是他還年幼，不知天多高、地多厚，連路也不認識，怎麼有

辦法去告狀？萬一出了差錯，左家不就絕後了？我得阻止他才行。」

馮氏面帶怒氣，大罵：「絕對不可以！你這小孩子懂什麼？竟敢說要上京城告狀，現在我們忍氣吞聲才是最安全的方法。你好好在學堂裡讀書，用功上進，長大再報父仇吧！」

左連城見馮氏不同意自己去告狀，心中一急，說：「娘如果不讓孩兒去，孩兒就死在您面前。」說完，就要一頭往牆壁撞去。

馮氏嚇了一跳，連忙抱住左連城，難過的說：「孩子，你從小都沒出過遠門，現在要去那麼遠的京城，我怎麼放心得下？」馮氏說著說著，不由得落下淚來，「可憐你小小年紀就失去了父親，不過既然你如此堅決要替父親報仇，娘就不阻攔你了，待會兒娘就幫你準備包裹、銀兩。」

「多謝娘。」

馮氏看著左連城稚嫩的臉龐，眼神中卻透露出堅定的意志，感到又欣慰又心疼。她一邊準備銀兩、包裹，一邊想著：「這十一、二歲的孩子獨自進京，要告的是皇親國戚，不曉得是吉是凶，我們母子不知何時才能再見啊！」在滿心的忐忑憂慮下，馮氏拿出一塊白綾，扯為兩半，把其中一半遞給左連城，說：「孩

子，這一半的白綾，你帶在身邊，一來你若想娘時，見到白綾就像見到娘，娘想你的時候也是一樣。還有，你要告狀，得先有張冤狀才行。」

左連城說：「冤狀已經請老師寫好了，請娘過目。」

細讀國泰的惡行惡狀，馮氏想起冤死的丈夫，不禁鼻頭一酸，卻強忍著淚，心想：「這冤狀關係到太多人的性命，萬一讓旁人撿去，恐怕會掀起另一場腥風血雨……」為求謹慎，馮氏用白綾包好冤狀後，將左連城的上衣底襟撕開，把白綾小包放在衣內，然後仔細縫好，囑咐：「到了京城，千萬不可以將冤狀隨意給別人看。」

左連城答應：「孩兒知道。」

馮氏要丫鬟擺好桌子，鋪下紅氈，母子二人焚香禱告天地：「過往神靈，保佑連城這次上京城告狀，一路平安，並能告倒國泰，為左家申冤。」

祝禱結束，左連城背上包裹就要出發。馮氏的心就像被利刃一刀刀的劃著，她拉著左連城殷切囑咐：「孩子，你在路上要常常問路，以免迷失方向；一路上，趁天還亮著的時候早早住店，隔天天大亮後再出店；選熱鬧的旅舍，不可住荒郊野外的客棧；還要記得不能住在廢棄的廟裡，那兒常有歹徒劫財；如果乘

船必須坐穩，不要站立；若有人問你話，不可實話實說；若有人與你同行，要離他遠一些；若要喝水，不要太靠近井口，以免被歹徒暗算……這些，你都要牢牢記著。」

左連城知道母親擔憂自己安危，拍拍胸脯保證：「娘，我記住了，一路上必定小心謹慎，請您不必掛心。」說完，他頭也不回的往外走。

馮氏看著左連城的背影，萬分不捨，又拉住他，哭喊：「孩子，娘怎麼捨得讓你離開呀！」

左連城拍拍母親，勸說：「娘，您別哭，孩兒進京城告狀，若您天天悲泣，一來我心中掛念不安；二來如果被人知道，暗中通知國泰，國泰必定會派人追殺孩兒，那麼我不但不能為爹爹報仇，左家也絕了後，那怎麼得了呢？」

馮氏見左連城膽識過人，思慮縝密，於是放心不少。她擦掉眼淚，問：「那依你看來，我要怎麼做呢？」

「依我看來，我離開後，娘叫左紅買一口棺材，停在院中。若是想我，您就對著空棺哭孩兒一遍，沒人問就算了，若有人問起，您就說：『我丈夫死得冤枉，連城想他爹，今日哭、明日啼，吃也吃不下，身體越來越虛弱，就這樣隨他爹去了。』」

「娘記住了，這樣的確可以遮蔽旁人耳目……孩
子，你去吧！」馮氏縱使心中千般不捨、萬般無奈，
也只能強忍著淚水，目送<u>左連城</u>離去。

第十章　旋風保護　化險為夷

　　左連城為了避人耳目，特地選走小路，沒想到，還是被左家的鄰居趙大成瞧見了。趙大成品行不良，平日就靠敲詐他人度日。從前他曾經向左家借錢，左都恆知道他遊手好閒，無所事事，只會欺壓善良人民，所以並沒有借錢給他，從此趙大成懷恨在心。

　　今日趙大成看見左連城背著小包裹悄悄朝北方而去，讓他不禁把這件事情與左都恆被斬首示眾一事作聯想：「看這個情形，想必是左家小少爺要上北京告狀去了！哼，你們左家竟然敢看不起我，那我就去舉發你們，逮回左連城後，我既能得到賞銀，又可解我心頭之恨，一舉兩得。」沒多久，他人已到縣衙。

　　任三封聽著趙大成的敘述，心中暗想：「糟糕！若是左連城告狀成功，連我也會被處分，真是太不妙了……乾脆一不作，二不休，把左連城捉回來，獻給巡撫大人，到時候我一定會得到讚賞，說不定巡撫大人一高興，還會推薦我升官呢！」滿腦子只想著自己前途的任三封，暗中派遣兩名家丁前去捉拿左連城。

　　左連城一路往北走，走著走著，竟來到一個三岔路口，這可讓從未出過遠門的他傻了眼：「到底哪一條路才是去京城的路呢？」當他正左右為難，前方剛好走來一位老人家，他連忙走上前去，向老人家深深一鞠躬，問：「請問老人家，哪一條道路是通往京城的？麻煩您告訴我。」

　　老人家仔細打量著左連城，看他生得相貌堂堂，舉止大方，說話有禮，心中想著：「這孩子看起來不像是農家子弟，想必是讀書的孩子，八成是因為書念不好，被家裡責罰，所以才會賭氣離家出走⋯⋯」

　　「你這頑皮的孩子，一定是離家出走吧！老實告訴我，你家住哪裡？叫什麼名字？為什麼要去京城？如果不說，我就不告訴你怎麼去京城。」

左連城想到母親的交代，不敢說出真相，眼珠子一轉，立刻想好說詞，便恭恭敬敬的回答：「老人家，我姓石，家住在這附近的八里莊。我並不是離家出走，而是因為前幾天父親生病過世了，我的哥哥在京城做生意，母親才會要我去京城找他回家，好好處理喪事。沒想到我才走到這裡，就遇到三岔路口，不知該往哪兒走。還請您指點我上京城的道路，讓我們兄弟盡快團聚，感恩不盡。」

老人家看左連城態度誠懇，信以為真，說：「好吧！你看，西邊這條是去保定府的路，東邊這條是上天津的，中間就是前往京城的大路。」

左連城深深一鞠躬，真心感謝：「多謝老人家指點。」他向老人家道別後，便順著中間大路往前走。

沒多久，天空忽然烏雲密布，瞬間天地變色，狂風大作，黃沙四起，左連城掩面蹲下以躲避這場風沙。過了好久，風聲絲毫沒有減弱，左連城覺得有些奇怪，悄悄抬眼一看，面前竟有十三股旋風擋住了他的去路。這些旋風圍在他身邊，並沒有要傷害他的樣子，卻也不肯離去。

左連城暗自心想：「這些旋風好奇怪啊⋯⋯難道⋯⋯是爹與十二位被國泰殺害的舉人、進士的冤魂化成旋風來保護我嗎？」

這個想法讓他勇氣大增，他站起身，對著旋風大喊：「是爹嗎？如果是爹，請您在孩兒面前稍微停一停，讓孩兒心中踏實。」

　　話才說完，中間的一股旋風真的停了一停，左連城心中再也沒有猜疑，跪地大哭，邊磕頭邊說：「爹、十二位枉死的前輩，請保佑我左連城上京城告狀，一路平安，讓我能為各位報仇！」

　　這時後方傳來一陣陣響亮的鈴聲，左連城回頭一看，遠處竟有兩匹快馬朝著他疾奔而來。

　　「糟了！馬上的不就是任三封身邊的兩名家丁嗎？」

　　左連城嚇得拔腿狂奔，然而年紀小小的他怎麼可能跑得過快馬？眼看兩名家丁就要趕上左連城，十三股旋風竟然將左連城圍在中間，接著捲起一片飛沙走石，打得兩名家丁睜不開眼，無法前進，只好往回走了一段路，才脫離那陣怪風。

　　兩人還想轉身回去追趕，那十三股旋風便蓄勢待發似的快速打轉。怪異的天象讓兩名家丁心裡發毛，覺得是上天在保護左連城，不敢再追，於是商議：「我們與左家無仇無恨，何必害那左家孩子？不如我們回去後，就說沒有追上吧！」二人決定後，便頭也不回的返回恩縣了。

有了旋風的保護和指引，<u>左連城</u>放心許多，每日跟隨旋風往前走。過了數日，他翻過一座山頭，一片遼闊與繁華的景象突然出現在他眼前——他終於到達京城了。

劉公案

第十一章 誤闖護國寺 身陷險境

　　左連城到達城門口後,十三道旋風徘徊了一會兒,便失去了蹤影。左連城猜想,因為京城是天子所在之處,充滿了陽剛之氣,所以冤魂無法進入。他知道眾人申冤的希望全寄託在自己身上,深深吸了一口氣後,才大步邁進城裡。

　　他順著大街來到菜市口。菜市口的街道是一條丁字型的路,一條街道向東,一條街道向北,他該走哪一條街道前去申冤呢?正當他還在猶豫,忽然看見前方來了十二對的高大駿馬,馬上衛士人人背弓箭、執大刀,馬隊後方跟著一頂轎子,華麗的轎頂上面罩著一把紅羅大傘。

　　「記得老師曾經說過,要告狀就得向坐轎的官遞狀紙才有用。看這個官的排場這麼大,轎子裡坐的應該是高官,可以作主,不如我就向他申冤吧。」左連城像是擔心它會從眼前消失一樣,緊緊盯著那頂官轎。

　　等官轎經過面前,左連城雙膝一跪,在路旁大聲喊著:「冤枉啊!請大人為我主持公道。」

轎中的鎮殿將軍吳能聽到有人喊冤，下令停轎，想不到竟是個小孩子，好奇的問：「你這小孩子，有什麼冤情啊？」

　　左連城連連叩頭，回答：「請問大人姓名？當的是什麼官？大官的話，我才敢申冤。」

　　吳能微微一笑，說：「你這孩子真沒道理，自己攔轎喊冤，居然先問起本將軍的姓名。不過看你年幼，本將軍不怪你。聽好了，本將軍就是朝廷的鎮殿將軍——吳能。」他原本以為會在眼前孩子臉上看到驚訝或崇拜的表情，沒想到這孩子一聽到「吳能」二字，竟然「啊」的站起身，轉身就要離開。他見這孩子這麼無禮，以為在耍自己，十分不悅，沉聲下令：「把那個孩子捉回來。」

　　左連城被幾名壯碩侍衛毫不疼惜的捉了回來，無辜的看著吳能，不曉得吳能的臉色為什麼那麼難看。

　　「你這個孩子真是無知，以為申冤這件事是遊戲，能夠隨你高興的嗎？本將軍非要接你的訴狀不可，馬上將你的狀紙拿來。」

　　「大人，我不是開玩笑，只是聽見大人的名字是吳能，我想，既然叫『吳能』，必然是『無能』了，所以我才不告了。大人決定幫我，可是我沒有狀紙，請大人聽我口說吧，只是……我要告的是朝廷命官，只

怕大人管不了呀！」

吳能冷笑一聲，說：「你居然敢藐視本將軍，本將軍官居鎮殿將軍，每天和那些九卿四相、八大朝臣、五府六部、王公貴族見面議事，皇帝我都不怕了，怎麼可能會有我管不了的事呢？只要你真的有冤屈，本將軍一定幫你。現在我問你，你叫什麼名字？家住哪裡？有什麼冤情？你又是要告什麼人？快一五一十的告訴我。」

左連城小小年紀，不知道鎮殿將軍的地位究竟多高，但他看吳能自信滿滿的樣子，忍不住心想：「我可找對人了！」便開口回答：「大人，我住在山東東昌府恩縣城附近的左家莊，叫作左連城。因父親死得冤枉，所以才會進京告狀。我想告的是恩縣知縣任三封和巡撫國泰，他們欺騙皇上、殘害人民，山東的十二名舉人和進士為民請命，卻被誣陷罪名，慘遭斬首；先父看百姓生活困苦，要代繳糧款，竟反遭誣告，說先父收買民心，準備造反，就這樣送了命。

求大人為我申冤，在皇上面前據實以告，我必定會感
念大人的恩情，十三名屈死的靈魂也會感謝您的。」

一聽左連城要告的是山東巡撫國泰，吳能不禁皺
起眉頭，說：「你竟然敢告朝廷大官欺君枉法、屈殺多
人，這若是誣告，罪名可不輕啊……本將軍可幫不了
你，你去都察院大衙門告狀吧！」話一說完，他立刻
轉身入轎，一隊人馬飛也似的離開了。

左連城愣在原地，沒想到吳能如此不中用，更不
知道他口中說的「都察院大衙門」該怎麼走。

有個老人家十分同情左連城的遭遇，見他一臉認

劉公案

真想要申冤，便好心告訴他：「孩子，你不要發呆了，你看，那是吏部尚書<u>劉</u>大人的官轎，你趕緊去向他喊冤，<u>劉</u>大人一定會幫你的。」<u>左連城</u>順著老人家所指的方向一望，果然看見一頂破舊的大轎，連忙向老人家道謝，便朝大轎狂奔而去。沒料到轎夫腳程極快，<u>左連城</u>追著大轎跑了一會兒，還是失去了大轎的蹤影，氣喘吁吁的他不知道自己身在何處，乾脆坐在路邊歇息。這時，他看見了一條大巷子，來來往往的都是穿著黃、紅衣裳的人。

「聽說只有皇親貴族才能穿這種尊貴顏色的衣服。從這條巷子走進去，想必離皇宮就不遠了……既然我找不到人幫我申冤，那我就直接去向皇上告狀！」<u>左連城</u>打定主意，走進了巷子。

他的眼前忽然出現一座萬分氣派的大宅子！門外大柱精雕細琢，兩桿大旗分立左右，鋪放著金磚琉璃瓦的屋頂上擺著許多神獸，還有十三道白玉臺階。

「這宅子好氣派，一定就是皇宮！如果錯過這次機會，恐怕就沒地方可以告狀了。」<u>左連城</u>趕緊連聲大喊：「冤枉！冤枉啊！」喊冤的聲音驚動了<u>護國寺</u>內的喇嘛。

<u>左連城</u>看見一群穿著紅黃大褂的人紛紛跑了出來，心想：「我喊出這些大皇上、小皇上，這次一定能

告成。」

「萬歲爺，我有好大的冤枉，請萬歲爺作主！」左連城跪在門外，一邊大聲叫喊，一邊像小雞啄米般的叩頭。

喇嘛們一聽就知道這小孩子把氣派華貴的護國寺當成了金鑾殿，不禁笑了出來。其中一個喇嘛想要戲弄左連城，於是說：「小頑童，你要告什麼人？你說清楚，有我給你作主。」

「萬歲爺，我要告的是山東巡撫國泰。」

原本以為左連城要告的是一般平民，沒想到卻是個惹不起的人物，眾喇嘛面面相覷，不知道該如何是好。

「怎麼辦？我們惹不起國泰啊！」

「這件事太嚴重了，還是請大喇嘛處理吧！」

一名喇嘛走進護國寺，向大喇嘛稟告：「大師父，寺外來了一個小孩，跪在門前大呼冤枉，要請萬歲爺主持公道。他說他要告山東巡撫國泰，我們無法處理，因此特地來請大師父出面。」

大喇嘛點點頭，表示明白。他走向寺門，眾喇嘛自動分成兩列恭敬迎接。左連城抬頭一看，眼前的大喇嘛頭戴一頂黃澄澄大帽，身穿一件黃蟒衣，腰繫黃絨絲絛，足蹬粉底官靴，手執龍頭拐杖，心中便想：

「原來剛剛那些人都是供使喚的人，現在才是真皇上咧！」

大喇嘛從左連城的表情看穿他的心思，說：「小男孩，我不是皇上，我是喇嘛。」

「喇嘛是什麼東西？」左連城從沒見過喇嘛，忍不住好奇的問。

大喇嘛大喝一聲：「哼！說話那麼不知好歹，要不是看在你年幼無知，我肯定不會饒你。喇嘛就是出家人。現在換我問你，家住哪裡？叫什麼名字？有什麼冤枉？要告何人？你說明清楚，我才能為你作主。」

左連城暗自心想：「他肯定是皇上眼前的大紅人，只要我將冤枉說給他聽，他說不定就能幫我轉奏皇上，洗刷爹他們的冤情。」於是他趕緊叩頭，說：「大喇嘛，我住山東東昌府恩縣城西八里的左家莊，叫作左連城，因我父親左都恆替百姓求情，惹惱山東巡撫國泰，就被殺害了，所以我要為父申冤。」

大喇嘛一愣，心想：「這兔崽子膽子真不小，竟敢告國舅！國泰與和珅大人關係深厚，也都與我有交情，既然被我知道了這件事，怎麼能輕易放這孩子走呢？不如我先把他留在寺裡，再想辦法處理。」他打定主意之後，就對左連城說：「小兄弟，這裡不適合講話，你跟我到裡面，把事情的來龍去脈交代清楚，我一定

為你申冤。」

聽到大喇嘛願意為自己申冤，左連城高興的進了護國寺。大喇嘛一使眼色，眾喇嘛就明白了他的用意，趕緊將門關閉。左連城以為自己來對了地方，哪裡知道喇嘛們心生歹意，自己已經身陷險境。

走進禪堂，只見大喇嘛坐在金交椅上，其他喇嘛恭敬的站在兩邊。左連城絲毫不敢怠慢，立刻朝著大喇嘛跪下磕頭，說：「冤枉，請大喇嘛為我申冤。」

大喇嘛並不打算聽左連城的冤狀，大聲一喝：「你這個小頑童！竟敢上京告巡撫國泰，等你再長幾歲，不就大膽得敢告皇上了！」也不管左連城一臉驚訝，向一旁的喇嘛下令：「將這頑童吊在馬棚。」

雖然左連城想逃，但怎麼躲得過那麼多人呢？沒幾下他就被喇嘛們抓住，牢牢綁緊，高高吊在馬棚中，嚇得他臉色慘白。

大喇嘛手提皮鞭走入馬棚，舉起皮鞭就朝著左連城「刷刷」亂打，打得左連城渾身青紫，忍不住嚎啕大哭，口口聲聲哀求大喇嘛：「佛心慈悲，請恕我小孩子無知，我以後不敢再告巡撫國泰了……」這話沒有讓大喇嘛息怒，反而覺得左連城是在諷刺他身為出家人卻沒有慈悲胸懷，不禁怒從

中來，伸手拿了一把刀，緩緩走向左連城。

　　掌管護國寺的土地神知道大喇嘛生性自私殘忍，眼見左連城小命就要不保，心生憐憫，急忙差遣下屬捧著左連城哀嚎的聲音，送到後禪堂二喇嘛的耳邊。二喇嘛仁慈寬厚，正在靜坐，卻忽然聽見小孩哭聲，而且一聲比一聲淒厲，趕忙起身前往查看，心裡不免埋怨：「大師兄脾氣不好，只要徒弟犯了些錯就是一頓棍子，不知這次為了什麼事，竟打得那麼凶狠？」

　　二喇嘛順著聲音走到馬棚，看見大喇嘛持刀正要殺害梁上吊著的孩童，急忙大喊：「師兄，住手！」他連忙衝上前擋在左連城面前，「為何要殺害這個孩子？」

　　大喇嘛把事情的來龍去脈說了一遍，二喇嘛對大喇嘛的行為極為不悅，冷冷的說：「師兄，當初國泰在山東擔任巡撫，為了私利殘害百姓，並且欺瞞聖上，也是百姓告了狀，聖上一怒之下將他調職問罪。要不是和珅大人力保，奏請聖上讓他官復原職，戴罪立功，他才能再次出任山東巡撫。國泰赴任前，吏部尚書劉大人還為他餞行，懇求他好好關照山東鄉親，他也答應了。如今他卻又欺壓百姓，辜負聖上所託。國泰的所作所為人神共憤，師兄卻要幫他，實在沒有道理。莫非這孩子與師兄有仇有恨？」

劉公案

「不，我跟這孩子無仇無恨。」

「既然與他無仇無恨，你何必迫害這小孩？快把他放下來。」

大喇嘛一臉不悅：「這事輪不到你來作主。」

二喇嘛見他態度強硬，也動了怒，一把抓住大喇嘛的衣襟，說：「好！那我們一同進朝面聖，誰是誰非，在聖上面前說分明！走走走，快走呀！」

大喇嘛見二喇嘛動了怒氣，心想：「糟糕，師弟從來沒生過這麼大的氣，如果向聖上奏明此事，我就完了。」於是他忍下怒氣，假意陪笑：「師弟不要發火，我把這孩子交給你處理，不要傷了我們師兄弟的感情。」說完，便頭也不回的離開馬棚。

二喇嘛趕緊吩咐徒弟放下左連城，並把他抬到後禪堂。左連城早已被折磨得氣虛無力，過了一會兒，意識才逐漸清楚。

「小兄弟，你家住哪裡？叫什麼名字？進京告狀的原因又是什麼？」

左連城知道是眼前的好心喇嘛救了自己，於是將一切都告訴了他，並懇求他：「師父，可憐我上有八十二歲祖父、七十九歲祖母，母親已經失去了丈夫，男丁只剩下我一個，求您慈悲，別讓我左家絕後。」說著說著，左連城

悲從中來，痛哭不止。

　　二喇嘛聽見小小年紀的<u>左連城</u>居然如此有膽識，遠赴京城為父申冤，對他萬分疼惜，但口中卻假意的說：「可惜我與你一不沾親，二不帶故，我要用什麼身分幫你報仇雪恨呢？」

　　聽出二喇嘛有意相助，<u>左連城</u>一骨碌的跪在他面前，大喊：「義父在上，乾兒子給您老人家叩頭了。」也不等二喇嘛回話，就連磕了四個響頭。

　　二喇嘛看<u>左連城</u>不僅勇敢，而且十分機伶，心中歡喜，便扶起<u>左連城</u>，吩咐一旁的喇嘛：「去叫廚房給我乾兒子做一頓好飯。」接著又親自為<u>左連城</u>的傷口擦藥。

　　<u>左連城</u>就在二喇嘛的照護下，吃飽喝足，在<u>護國寺</u>安穩的度過一夜。

劉公案

第十二章 義父相助　朝房鳴冤

　　隔天，天色才矇矇亮，二喇嘛已經起床，喚醒左連城：「乾兒子快起來，隨著乾爹進朝去告狀。」左連城聽到「告狀」，立刻坐起身，不一會兒功夫就梳洗完畢，跟著二喇嘛出了護國寺。

　　寺門外停著一輛寬敞的馬車，車身由紫檀木打造而成，左右窗邊綴著織滿錦繡花卉的金緞窗簾，車內座椅以綠綢為裡，外鑲絲絨，連四隻駕車的騾子都像是精挑細選過的，口中銜著金環，看起來威風八面。

左連城第一次見識到如此氣派的排場，不由得暗自驚嘆。跟著二喇嘛上了馬車，小喇嘛掌鞭，車行如雷，沒多久進了皇宮西華門，下了車，兩人向內走去。左連城抬眼偷窺，只見兩旁擺著槍刀架、大紗燈，還有許多帶刀護衛，弓上弦、刀出鞘，威風凜凜。

　　來到大殿外，官員們都還沒有進入朝房。二喇嘛帶著左連城，直接走進西朝房等待時機。不久，來了一位官員在東朝房外下轎，轎前一對大紗燈上寫著「太后御兒乾殿下吏部尚書」。再仔細一看，這官員一臉正氣，頭戴亮紅一品官帽，上面繡著雙眼花翎，身穿金蟒朝服，外罩黃馬褂，胸前掛著朝珠，足蹬朝靴，走進東朝房。

　　「乾兒子，你看，剛剛那位官員就是你的鄉親劉尚書，滿朝文武只有他最有膽量，你要告倒國泰，只有請他幫忙才有可能。接下來，要靠你自己去向他申冤，不要害怕，乾爹會適時協助你的。」

　　左連城點點頭，壯起膽子來到東朝房外，雙膝一跪，向裡面連聲嚷著：「冤枉啊！」

　　劉墉才剛剛坐定，聽到門外竟有孩童喊冤的聲音，心中非常詫異，馬上吩咐劉安、張成：「將喊冤的人帶進來。」劉安、張成領命，將左連城帶進朝房。

　　眼前不停喊冤的小孩頭戴一頂素絨帽盔，紅穗多

疙瘩，身穿粗藍布袍，黑布馬褂，腳著布鞋，然而他天庭飽滿、眉清目秀、齒白唇紅，看起來不像鄉野莊稼農人子弟，想必出身讀書人家。劉墉心中暗想：「這孩子既然能來到朝房喊冤，一定是有人帶他來，並指點他到我這兒喊冤告狀。這麼費心，不知真正目的何在？不如……我暫時先不接此狀，試他真假。」

劉墉假裝發怒，用手指著左連城喝罵：「好一個頑童，竟敢來到朝房喊冤，人雖然年紀小小，膽量倒是頗大。來人啊，快將他逐出朝房。」

「劉大人，請先別發怒。」

聽見聲音，劉墉抬頭一看，發現是護國寺的二喇嘛，立即起身相迎。兩人寒暄了一會兒，二喇嘛才說：「聽說劉大人平日作官盡忠報國，不貪贓、不受賄，愛民如子，還把『為官不與民作主，枉受皇家俸祿』這句話掛在嘴邊。」

「多謝二師父抬愛，在朝為官，為民服務本來就是應該的，不足以自我誇耀。聽您話中意思，應該是為那告狀頑童而來的吧？我之所以將他逐出朝房，不是因為我不願接狀，而是因為朝房是國家重地，他竟敢擅自闖入。一來，如此大聲嚷嚷，若是驚動聖上，誰敢擔這個責任？二來，他這個年紀就告進朝房，如果再大幾歲，豈不是直接闖到聖上面前驚擾聖駕了？」

「劉大人，左連城是我剛認的乾兒子，也算是您山東的鄉親，今日貿然前來遞狀，實在是因為要告的人官位太大，我想，除了劉大人以外，沒有人能接下此狀。如果有冒犯到您的地方，還請您多多見諒。」

劉墉聽二喇嘛說得誠懇，不像是開玩笑，便對左連城說：「既然如此，你把冤狀遞上來。」

雖然不知道眼前的劉大人能不能相信，但有二喇嘛的保證，左連城決定賭一賭，他慌忙扯開衣服底襟，取出狀紙。劉墉接過狀紙，從頭到尾仔細看了一遍，恨恨的說：「國泰仗著有人當他的後臺，竟在山東任性胡為。」隨即臉色一沉，默然不語。

二喇嘛觀察劉墉神情，聽他先罵國泰，接著卻暗自思量不再說話，擔心劉墉也怕了國泰，後悔不管，便開口激他：「劉大人看過狀紙之後，發現告的是國泰，您就沉默不語，看來，想必是覺得國泰後臺硬，這案子頗為棘手，是不是呢？今日我特地帶我乾兒子前來，就是因為滿朝文武百官，只有您不怕國泰。有誰不知劉家歷代為官清廉，為國盡忠，您父親劉統勳更是被先帝稱譽為真宰相。」看了一眼劉墉，他繼續說：「劉大人是太后的乾兒子，您的後臺比國泰還硬，您若不接狀，恐怕是您與國泰也有勾結，或是有心袒護，這豈不是枉費劉大人『鐵面青天』的美名了？」

劉墉知道二喇嘛有備而來，而他心中也早已有了打算，於是說：「二師父，您不必用話激我，我接下此狀就是了。」

二喇嘛見機不可失，決定打鐵趁熱，連忙說：「劉大人既然接了狀，那我現在就將他交給您，若是他出了任何差錯，我們可是有算不清的帳。」

劉墉微微一笑，說：「二師父，請您只管放心，我必定會好好保護他的。」

二喇嘛看到左連城的冤狀順利交到劉墉手上，左連城也被劉安、張成帶去安置，心中一塊石頭落了地，便向劉墉告辭，回護國寺去了。

第十三章 計陷和珅 同征國泰

劉墉正為如何對付國泰傷腦筋時，忽然瞥見朝房外來了一位大臣，轎前的大紗燈上寫著「帶管四十八萬護京兵步軍統領九門提督」，知道是和珅入朝，忽然心生一計──要扳倒國泰，得先削弱他後臺的力量。

劉墉見和珅就要走進西朝房，連忙大喊：「和大人，您來得正好，我在這兒悶得很，我們聊一聊、敘一敘家常好嗎？」

和珅是機伶的人，平日兩人很少交談往來，而且之前又有仇怨，今日忽然這麼熱絡，覺得劉墉的邀請鐵定有什麼詭計，和珅心中嘀咕：「雖說可以找藉口推辭，但劉墉都開口了，我也是不得不去，否則太后怪罪下來，我可擔待不起……沒關係，只要我保持鎮定，就不會上你的當。」於是他表面上不動聲色，微笑著走向劉墉。

「劉大人，和珅給您請安。」

劉墉一邊請和珅入座，一邊唉聲嘆氣，雖然和珅心裡提防著，嘴上還是表示關切：「大人為何唉聲嘆

氣？」

　　劉墉不答反問：「你可知道現今在朝為官的人當中，誰是第一把交椅？」

　　和珅笑說：「大人糊塗了！滿朝文武，哪一個抵得過我們兩人？」

　　劉墉搖搖頭，說：「今日不比昔日，現今輪不到我們了……」

　　和珅不禁疑惑的問：「是誰將我們壓下去了？」

　　「現今在聖上面前最風光的，就是你的表兄弟國盛了！聖上賜給他穿朝馬，他可以直接騎馬上朝，沒到金鑾殿前不必下馬，所以他見了滿朝文武，不僅不下馬，連理也不理人呢！」

　　和珅不知劉墉葫蘆裡賣的是什麼藥，只好順著他的話說：「國盛見了滿朝文武可能不下馬，但如果是看見我們兩個人，一定會下馬！」

　　劉墉說：「我倒不這麼覺得。唉，如果他見了我們不下馬，你我也不敢哼一聲啊！」

　　和珅很有自信的說：「我說他會下馬，大人說他不會，不如我們來打個賭吧！」

　　「賭什麼呢？」

　　「如果他見了我們下馬，就算是劉大人輸了，您得叫戲班子在我府門前唱三天，吃喝花費全由您費心

張羅；他若是不下馬，就算是您贏了，換我請戲班子在您的府門前唱三天，費用全算我的。您覺得如何？」

劉墉微微一笑：「這麼小的賭注，太輕。」

「劉大人若嫌賭注輕，那……不如這樣，誰輸了，就輸三袋銀子，如何？」

「您位高權重，負責管理四十八萬名護京兵，只要等領餉的時候，每一名少給他一分二分錢的，你就籌出這筆銀子啦！但我府中連買小菜吃的錢也沒有，這我辦不到。」劉墉搖著手，拒絕這個提議。

和珅只好問：「那麼劉大人認為應該怎麼樣呢？」

劉墉想了一想，說：「如果依我的想法，賭項上人頭！」

和珅一聽，打了個冷顫，心想：「賭頭是大事，我與國盛是表兄弟，他若見了我一定會下馬，所以這盤賭局我穩贏……我倒要看看這劉墉輸了人頭要怎麼辦！」於是說：「劉大人既然要賭項上人頭，我和珅就

再將九門提督的大印也賭了！」

　　劉墉見和珅中計，內心暗喜，但表面上仍是不慌不忙：「好，就這麼說定！那我們擊掌為誓吧！」二人伸臂張掌，「啪」的一聲擊了掌，立下誓言。

　　劉墉說：「雖然我們已經擊掌打賭，但有一件事要先說清楚，因為你和國盛是表兄弟，如果他來到這兒，你只要一使眼色或努個嘴，他就會猜到是我們在打賭，這麼一來他必定下馬，那時我可輸得冤枉。所以你必須面朝裡頭坐，也不准轉頭，等他來時看他下不下馬，才能定輸贏，也才沒有爭議。」和珅想了想，認為並無不妥，於是點頭答應。

　　過了一會兒，聽到馬蹄聲陣陣傳來，二人知道是國盛來了，立刻轉頭朝內。國盛騎馬入朝，看見和珅和劉墉居然會聚在一起，而且行徑怪異，心中納悶：「不知道他們兩人葫蘆裡賣的是什麼藥？這劉羅鍋性子古怪，我最好離他遠一些，免得惹禍上身。」於是直接朝金鑾殿而去。

　　一等國盛走過門前，劉墉轉頭對和珅笑說：「和大人，這次你可輸給我了，你看，國盛對我們毫不理睬啊！」

　　和珅看國盛竟然就這麼騎馬過去，連招呼也不打，不但掛不住面子，還輸了這場賭盤，不由得火冒三丈：

「國盛竟敢無視我，真是太無禮了。」他一邊罵著，一邊跑出朝房趕上國盛，上前一把將國盛拉下馬。國盛跌得疼痛難忍，滿腹怒氣的質問：「表哥，你到底為什麼拉我下馬？」

「你竟敢無視我的存在，騎馬經過卻不下馬，也太無禮了吧！」

「我騎馬入朝是聖上所賜，其他官員從來沒有批評過我無禮，唯獨你這樣怪我，我看你是仗著你官大，所以藉口欺壓我。走，我們一起請聖上評評理！」國盛說完，揪扭著和珅進入金鑾殿。

過了一會兒，乾隆上朝，就看見國盛、和珅怒氣

劉公案

沖沖的跪在金鑾殿上。和珅迫不及待搶著稟報：「皇上，國盛無禮，見了表哥竟不下馬，簡直目無禮法。」

國盛向前跪爬半步，急急反駁：「啟稟皇上，臣騎著穿朝馬上朝，是和珅無禮，將臣拉下馬，害臣跌得渾身是傷。請聖上為臣作主。」

乾隆沒想到兩個朝廷大臣竟會為了這種雞毛蒜皮的小事鬧上金鑾殿，萬分震怒，說：「國盛騎的穿朝馬是朕親賜。和珅，你堂堂一國重臣，竟然對此有怨言，是對朕有所不滿嗎？既然如此，朕現在革去你的職務，推出午門正法。」

乾隆盛怒之下，滿朝文武噤若寒蟬，只有劉墉手捧朝珠緩緩上前，說：「聖上且慢，請聖上息怒！臣劉墉有要事啟奏聖上。山東一連三年天災不斷，百姓生活困苦，吃不飽、穿不暖，但山東巡撫國泰卻上奏說山東年年豐收，欺騙聖上，殘害人民。為了催徵國稅，他竟妄殺十三名舉人、進士。山東進士左都恆願代恩縣人民繳交糧稅，沒想到國泰卻誣陷左進士要買動民心、造反謀逆，將左進士斬首示眾。國泰如此任性妄為，視人命如草芥，人神共憤！臣手上有左進士幼子左連城的冤狀作為憑證，請聖上過目。」

乾隆看完冤狀，臉色凝重，要劉墉帶左連城上金鑾殿審訊。劉墉領旨，親自前去帶領左連城，在路上

仔細囑咐：「聖上宣你上殿問話，你可得穩住，不要害怕，能不能替父親報仇，就看這一次了。」

左連城心想，自己離鄉背井，遠赴京城，就是為了能在聖上面前申冤，一定不能有任何差錯。他戰戰兢兢的走進金鑾殿，遠遠看到乾隆便跪地叩拜。乾隆仔細打量左連城，見他生得眉清目秀，態度落落大方，暗自心想：「這孩子日後必定有出息。」接著詢問冤案詳情，見他對答如流，心中已經明白該怎麼做。

眼看時機成熟，劉墉連忙跪下，稟報：「皇上，臣想請旨到山東調查國泰徇私舞弊一案。而和大人機智多謀，臣願意為他擔保，請皇上赦免和珅死罪，官復原職，讓他與臣一同前往山東查明此案，將功折罪。」劉墉知道乾隆寵愛和珅，剛剛只是在氣頭上，才會下令賜死和珅，待氣消之後一定懊悔不已，但君無戲言，怎麼能輕易收回成命？而他的保奏正適時化解了乾隆的尷尬、和珅的危機，既巧妙的維護住乾隆的面子，也成了和珅的救命恩人。

果然，劉墉所奏正中乾隆的心思，他立即下令赦免和珅死罪，並任命劉墉、和珅為欽差大臣，前往山東查證國泰罪行。

第十四章 旋風攔路 蝦蟆鳴冤

劉墉、和珅二人趕緊收拾好行李，離開京城，往南方而去。出了京城不遠，劉墉便對和珅說：「和大人，你可以先走一步，我要私訪慢行，我們就在濟南府會合，好嗎？」和珅知道劉墉性子剛硬，一向喜歡暗訪民情，跟他一起走撈不到什麼好處，不如自己先前往山東來得快活，於是爽快的向劉墉告辭。

這一天，劉墉來到景州北關外的大路上，坐在轎內觀看來來往往的旅客，忽然吹起一陣旋風，把轎頂颳落在地。劉墉心中感到詫異，認為必有冤情，便望著旋風說：「你這旋風若有冤枉，就在本官面前轉上三轉。」旋風果然連轉了三轉，接著向西南方移動，劉墉立即要轎夫跟上。

走過一個林子時，劉墉忽然聽到一陣悲切的哭聲，他趕緊吩咐停轎，看見旋風轉入地上的土坑內，一個男子正對著土坑哭泣，他心中已經有了個底。

劉墉看男子大約五十來歲，身材瘦小，看起來應該是個樸實的莊稼漢，他開口問：「你是誰？家住哪

裡？怎麼在這裡痛哭？」

男子發現是官轎內的大人親自問話，連忙抹抹臉上淚水，回答：「大人，我家住在蘇家莊，名叫蘇永富，今年五十三歲。育有二女一子，大女兒名叫蘇吉平，今年十六歲，二女兒今年十三歲，名叫蘇玉平，兒子今年十一歲，名叫蘇生。昨天他們姐弟出外遊玩卻沒有回家，所以今天天未亮我就出來找他們，來到這裡，發現土坑內有二具屍體……竟然是我二女兒和兒子，我怎麼能不難過……有幸遇見大人關心，懇求您為我兒女作主，捉拿凶手，讓他們能死得瞑目，而我失蹤的大女兒生死未卜，也請大人幫忙尋找她的下落……」一夜之間痛失子女的蘇永富眼中充滿了哀戚與絕望，讓劉墉不忍多看。問明詳情後，劉墉堅定的說：「沒想到光天化日之下，匪徒竟連殺兩人，心性殘忍……蘇永富，你先好好安葬孩子，本官一定查明案情，還你公道。」

第二天，劉墉換了服裝，假扮成雲遊四海的老道士，一個人背著小包袱悄悄出了景州城，前往附近村莊去訪察此案。

走著走著，來到了一片荒郊，眼前忽然出現一隻大蝦蟆，攔住了劉墉的去路。劉墉不禁納悶這世上哪有這麼大的蝦蟆，覺得其中必有原因，便說：「你這蝦

蟆在這裡攔路，是不是有冤情呢？如果是，你就在本官面前連叫三聲，我就接下你的冤狀。」話才說完，大蝦蟆好像聽懂劉墉的話一樣，真的向他「呱呱呱」連叫了三聲，然後就往東蹦跳而去。

　　大蝦蟆帶著劉墉來到河邊，縱身跳入河內，從容的開始渡河。劉墉一愣，心想：「這下可糟了！我要怎樣才能過得了河？」

　　正在著急時，河上剛好划來一隻小船，劉墉連忙揮手呼喚：「船夫大哥，請往這邊來，渡我過河，好嗎？」

　　不巧，撐船的居然是附近村莊裡的惡霸──黃六、黃雄兄弟。兩兄弟平日在河上假裝載客，趁機搶劫來往旅客的金銀貨物，遇到頑強抵抗的人，就把他們綑綁起來，拋入河中淹死，附近居民對黃家兄弟惡霸的

行徑皆是敢怒不敢言。

看見是個窮酸道士，一副沒什麼財物可以搶的樣子，黃雄本來不想理睬，但仔細打量後，對黃六說：「大哥，前幾天有傳言說劉羅鍋要到山東查案，沿路私訪，幫了不少百姓，這個道士的長相、姿態，和大家口中的劉羅鍋都很吻合，應該就是他本人，今天打扮成道士模樣，不知道要查哪件案子？」

「難不成是我們殺了蘇家姐弟、搶了蘇吉平的事被發現，所以他來探查嗎？」

黃雄說：「我也是這樣猜想。不如……我們假意要渡他過河，就在河中央結束他的性命，以絕後患。」

「就這麼辦，算他運氣差。寧可錯殺，也不能留下任何危害我們的可能。」黃六瞪著劉墉，眼中殺意濃厚。

黃六、黃雄把船靠了岸，說：「道長，請上船吧！」劉墉不疑有他的上了船，黃雄長篙一撐，把船駛到河中央後，便問：「你是劉羅鍋，假扮道士前來私訪蘇家兒女的案子，是吧？」

劉墉心中一驚，暗暗叫苦，沒想到自己竟自投羅網，踏上賊船。他連忙裝著可憐模樣，大喊：「施主，您認錯人了，貧道四處遊歷，幫人算命，不是劉羅鍋，也不曉得劉羅鍋是什麼人呀！」

黃六、黃雄把劉墉的話當耳邊風，絲毫不理。「哼！你今日落在我們手上，讓你死得明白。這件事就是我們兄弟做的，我姓黃名雄，那是我大哥黃六。」黃雄惡狠狠的捉住劉墉，將他五花大綁，往河裡一扔，「撲通」一聲，劉墉掙脫不開繩索，被河水嗆昏過去，無聲無息的沉入河裡。

過了一會兒，劉墉醒來，身邊不再是無盡的河水，而是一隻大蝦蟆靜靜守在身邊，他身上的繩索已經被解開，隨身小包袱就在一旁。他立刻明白是大蝦蟆救了自己，便向大蝦蟆行禮：「多謝！前方路途危險，還得麻煩你在前頭引路。」大蝦蟆「呱」了一聲，似乎聽懂劉墉的話。

跟著大蝦蟆的腳步走沒多久，劉墉看見前面有一座村莊，當他低頭要找大蝦蟆時，卻不見牠的蹤影，

只有一張紙條。<u>劉墉</u>拾起一看，上面寫著：

我本太白<u>李金星</u>，引領前村訪<u>吉平</u>。

逢凶化吉休懼怯，自然現出事真情。

這時<u>劉墉</u>才知道原來是<u>太白金星</u>現身相救，趕緊朝著天空拜了幾拜，才往村莊走去。進了村莊，<u>劉墉</u>手打竹板，口中喊著：「天上下雨地下滑，命運奧祕很複雜，君子問禍不問福，肯問路不會走錯路，肯問事不會做錯事，預知前程事，可用算命術。」

當他四處吆喝時，忽然旁邊有戶住家開了門，一位十六、七歲的女子輕喊：「算命的老人家，請您往這裡來。」

<u>劉墉</u>看她愁眉不展，臉色焦黃，黑髮蓬鬆，內心有些疑惑，大步走上前，問：「這位姑娘，妳要幫誰算命？」

「請跟我來，幫我婆婆算個命。」

聽了這話，<u>劉墉</u>心中納悶：「這個小姑娘看起來還沒有嫁人，怎麼會有婆婆？我就進去看看吧！」

走進屋裡後，年輕女子忽然停下腳步，轉身面向<u>劉墉</u>，她兩眼含淚，雙膝一彎，哭著說：「道長，您老人家慈悲為懷，請幫小女子送封信給父母，免得雙親掛念，小女子必會感念您的大恩大德。」

<u>劉墉</u>見她一臉哀戚，便說：「姑娘，看妳面帶愁

劉公案

容，有什麼天大的事儘管說，本官為妳作主。」

年輕女子愣了一下，問：「您老人家為何自稱本官？莫非您是哪位大人前來私訪嗎？如果是真的，那小女子就有救了。」

「小姑娘很聰明，妳既然識破，本官也不瞞妳，我是吏部尚書劉墉。因為蘇家莊蘇永富在本官面前告狀，所以我才假扮成道士，要尋找蘇永富大女兒的下落。姑娘，有什麼冤枉，妳可以告訴我，我替妳作主。」

聽了劉墉的話，年輕女子真是喜出望外，連忙說：「我就是蘇吉平。昨日回家途中，遇到黃六、黃雄，他們硬搶民女，弟弟、妹妹嚇得哇哇大哭，兩名惡煞居然出手將他們勒死。他們想要逼我成親，我不肯，便被軟禁起來，我不知道這兒是哪裡，無法逃走……求大人將他們繩之以法，不要讓他們再害人，也告慰弟妹在天之靈。」

「砰！砰！砰！」拍門的聲音突然響起，黃六在門外大喊：「丫頭快來開門，大爺、二爺回來了。」

蘇吉平吃了一驚，慌張的說：「不好，那兩個惡徒回來了！」她急得東瞧西看，心裡沒了主意，瞥見廚房牆壁的大蓋篷，靈機一動，拿下大蓋篷，對劉墉說：「大人，請您委屈一下，先在牆腳蹲著，我用蓋篷罩

住您，以免被他們發現，惹來殺身之禍。」情急之中，劉墉也想不到方法，雖然無奈，也只得蹲了下去。

藏好劉墉後，蘇吉平才前去開門，強裝著笑臉，說：「兩位大爺回來了，剛才正在忙，門開得遲了，還請見諒。」

看到蘇吉平態度變得如此溫和，與前幾日不屈的態度大不相同，黃六、黃雄心情大好，沒追問蘇吉平在忙些什麼，就進到屋裡坐下休息。

「二位大爺餓了吧？要吃些什麼，小女子幫你們準備。」蘇吉平假意的問。

黃六笑著說：「我想吃包子，妳快蒸一籠來，我們還有要緊的事兒哩！」

「什麼事這麼要緊？」

蘇吉平過於熱絡的態度雖然反常，但兩人仍沒起疑。「還不是因為那個劉羅鍋假扮道士前來私訪，被我們認出，投入河內，卻不知道誰救了他，綁他的繩子被扔在岸邊，劉羅鍋已經不知去向。所以我們等等得趕緊去找他，斬草除根，免得夜長夢多。妳還不趕快去蒸包子，我們吃飽了好做事！」

躲在大蓋篷下的劉墉心中著急：「不好，他們要吃包子，就得用蓋篷，一掀開蓋篷，我肯定躲不掉。」

蘇吉平心生一計，口中說好，卻利用黃六、黃雄

不注意的空檔，偷偷將木柴用水潑溼，溼柴一碰火，產生濃濃煙霧，熏得黃六、黃雄咳個不停。

「妳為什麼用溼柴燒火，想熏瞎我們嗎？」

蘇吉平連忙說：「不是溼柴，大概是煙筒塞住了，所以煙都往屋裡頭跑。麻煩哪位大爺上屋頂將煙筒通一通，屋裡就不冒煙了。」黃六、黃雄聽她講得有理，才收起怒氣，一個去通煙筒，一個到遠處避煙去了。

看見兩人都走遠了，蘇吉平才掀開蓋篷，說：「大人，從這座樓往西走，牆下放著一隻小船，您可以踏著小船，越牆離開這危險的地方。請您別忘了要派人擒拿這兩個惡徒，救小女子出火坑。」

「我會的。若有機會，妳不如先逃走免得多受苦。出村莊後有條小路，順著小路走就會到蘇家莊了。」劉墉向蘇吉平道謝後，連忙往西牆而去。當他爬上牆頭，往牆外一看時，發現這牆有一丈多高，一邊擔心下不去，一邊又害怕被黃氏兄弟看見。劉墉正在兩難，忽然聽到黃雄大喊：「他爬上西牆要逃了，我們快去攔他。」接著一陣劈里啪啦的腳步聲，劉墉一緊張，竟跌在牆外，顧不得疼就趕緊鑽入蘆塘。

黃六、黃雄手提鋼刀來到西牆外，四處搜尋了一陣，沒看到劉墉身影，黃雄忍不住啐了一聲：「好樣的，被他跑了。」黃六安慰他：「他一定就在附近。我

們先去吃飯，吃飽了再殺他也不遲，他再會跑也飛不到天上去。」

　　黃氏兄弟酒足飯飽後，便躺在床上呼呼大睡。蘇吉平見機不可失，悄悄逃了出去。

第十五章　臥虎莊中　藏龍臥虎

劉墉躲在蘆塘裡，一直等到聽不見兩人說話聲，才走出蘆塘，趕緊順著路往前走，他又餓又狼狽，幸好不遠處就有一座村莊，心想：「不如去化一頓齋飯，順便問一問進景州的路吧！」

劉墉從路人口中得知這是臥虎莊，覺得村名十分有趣。他來到一家柴門外，向著裡

頭想化緣。屋內女主人馮氏正在做飯，聽到柴門外有聲音，來到門口一看，原來是一個年邁道士來化緣*，不禁有點為難：

「道長，真不好意思，我家並不寬裕，請您到別人家去化緣吧！」

劉墉笑了一下，也不勉強，本想到別處化緣，但見宅子有些問題，便好心提點馮氏：「夫人，貧道仔細觀察貴宅主凶寒，生活清苦還沒什麼關係，但沒有孩

---

*化緣：僧、尼、道士向人乞求救濟。

子可是大事，即使有孩子也活不過三五歲啊！」

　　這話說中了馮氏的心事，她暗想：「怪不得小孩總是保不住，原來是這宅子的關係。這位道長還真準！」於是，她立刻恭敬的說：「道長，您道法高明，還請幫我們看一看風水，如果能改善，我家相公回來，必然重重酬謝您。若是道長飢餓，屋內有些簡陋的小米乾飯，請您別嫌棄。」

　　早已又餓又累的劉墉聽馮氏開口相邀，便高興的跟著進屋。

　　這是臥虎莊裡好打抱不平的王氏兄弟王忠、王平家，馮氏是王忠的妻子，兩人已成親多年。正當馮氏給劉墉盛飯時，王忠、王平恰好返家，馮氏便趕緊將劉墉鐵口直斷的事告訴他們，王家兄弟覺得劉墉說得真切，便急忙招呼劉墉：「道長，都是粗茶淡飯，請將就些。」

　　王忠嘆了口氣，接著說：「不瞞您說，前年我有個孩子，才八個月大，養得肥肥壯壯，本以為傳宗接代有望了，卻不料寒冬天冷，孩子在棉被裡睡覺，竟然悶死了。今日還盼望您開導，但願能子孫昌旺，我必當登門道謝。我非得和道長套個交情不可！」

　　「施主，貧道擾了一頓齋飯，就該幫您消災解禍。貴宅的問題是大門位在西南，如果將北邊樓房築高，

再將大門改在東南，如此一來，必定多子多孫。」

王忠開心的說：「多謝道長指點。還沒請教您在哪兒出家，道號是什麼？」

劉墉脣角微勾，回答：「貧道在京城呂市胡同呂祖堂出家，道號卯金刀。在順天府與王公卿相皆有往來，等哪天施主到京城，貧道必定誠摯招待。今日相逢投緣，但不敢久留，貧道就此告別。」他看王家兄弟個性豪爽，有意結交，但想到自己的險境，只好不捨的向王氏兄弟道別。他提著包袱準備離去，王忠、王平二人則決定送劉墉一段路。

三人才剛走出大門，迎面跑來一個女子，一邊跑一邊哭喊著救命——竟是蘇吉平，後頭有二人手持鋼刀追趕，正是惡徒黃六、黃雄。

劉墉見蘇吉平就要被追上了，急忙向王氏兄弟求救：「二位施主，這女子對我有救命之恩，請幫忙捉拿那兩個凶徒。」

一向大膽的王忠、王平仗著自己年輕力壯，隨手各拿起一根木棍作為武器，衝上前去，大喝：「大膽狂徒，光天化日之下，居然敢欺凌女子。」黃六、黃雄看到有人膽敢阻攔他們，舉起鋼刀就朝王氏兄弟砍去。木棍畢竟抵不過鋼刀，四個人交戰了好一會兒，木棍已被削得斷成了好幾截。

眼看王氏兄弟落於下風，就要招架不住，劉墉正想高聲呼救，忽然一記長鞭揮來，擋下了鋼刀的攻勢。

「黃六、黃雄別想行凶！」一名高壯男子騎在馬上高聲大喊，手中長鞭舞得如同靈蛇一般。黃六以為男子只是好管閒事，冷哼一聲，舉刀就往男子後方劈去，沒想到男子後背好像長了眼睛，墨黑色的鞭桿輕輕一碰，沉重的鋼刀竟被撞開，男子再掃去一鞭，黃六橫飛出去，暈倒在地。

黃雄想前去探查黃六的情況，男子以鞭桿朝他頭上打去，黃雄用刀往上架，身上露出空隙，卻沒料到這是虛招，男子朝黃雄攔腰一鞭，把黃雄也打倒了。王忠、王平大聲叫好，衝上前又打了黃六、黃雄一頓。

男子見黃六、黃雄已無反抗之力，便說：「他們平日橫行鄉里，今日欽差大人在這兒，就把他們交給欽差大人處置吧！」

王忠、王平聽得一頭霧水，忙問：「欽差大人？在哪裡？」

「那位道長就是欽差劉墉大人。」男子朝劉墉行了個禮，接著說：「我叫劉清，今日路過這裡，看見你們在打鬥，黃六、黃雄平時就四處為非作歹，我一眼就認出他們倆。我又見路旁站著一位面熟的道長，才發現原來是劉大人。以前曾得到劉大人幫助，想必是

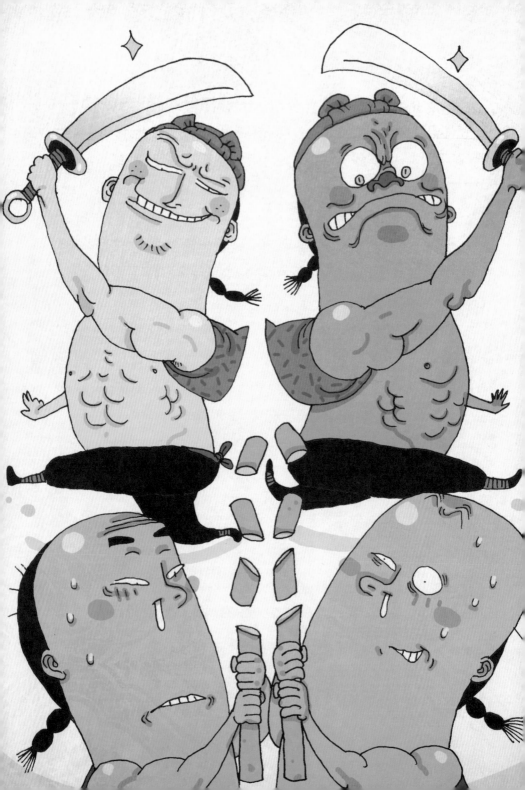

大人私訪此處，遇到凶徒，所以我才出手相助。」

　　王氏兄弟大吃一驚，急忙跪倒在劉墉面前，說：「不知大人前來，若有冒犯，還請大人原諒。」

　　劉墉微微一笑，扶起二人，說：「二位壯士不必多禮，待我到山東查案回京，必將你們三人的功績奏明聖上，讓你們得到應有的獎賞。劉清，就請你將黃六、黃雄捆好後送到行館，要劉安、張成按照本官書信處理，將這二個凶徒斬了；再請這姑娘蘇吉平的父母前來，將她領回家去。」他向王氏兄弟要了筆墨，寫下事情經過，交代劉安、張成依信中內容辦事。

　　王忠、王平幫著劉清準備前往行館，發現劉墉毫無動作，連忙問：「大人，您不跟我們一起走嗎？」

　　「本官不回景州了，你們叫張成到德州找我吧。」劉墉哈哈大笑，大步離去。

第十六章　佟林霸道　雙女逃難

路旁界碑寫著北面景州，南面是德州。過了界碑，劉墉又走了十幾里路，感到有些累了，便找了棵大樹，坐在樹蔭下歇息。忽然二名女子神情慌張、披頭散髮的從遠方奔跑而來，汗流滿面十分狼狽，雖然不停的向後看，腳下卻一步也沒有慢過。

二名女子大的不過十七、八歲，小的不過十四、五歲，劉墉心中暗想：「她們如此狂奔，必定是發生大事了！」於是他站起身，大喊：「二位姑娘，妳們是不是遇到什麼麻煩？不妨告訴貧道，說不定貧道可幫妳們解圍。」

她們停下腳步，氣喘不止。年紀較大的女子仔細打量劉墉，發現他身材高大，態度溫和，眉目間隱隱透著一股正氣，心想：「這位道長與其他人不太一樣，也許真的是上天派來幫助我們的……不如我將天大的冤枉對他說明，或許就能報仇了！」於是她開口說：「道長，您老人家若能解救我們，並能報仇，我們就是做牛做馬也報不盡您的大恩大德。」

「姐姐，妳昏頭了嗎？這個老道士有什麼勢力，能幫我們報仇？出家人專門哄騙善男信女的錢財，不能相信。喂！老道士，你打錯算盤了。我們是逃難來的，身上沒有錢財，你快別擋路，讓我們過去，若是再耽擱下去，等惡霸趕來，我們就糟糕了。」年紀較小的女子瞪著劉墉，一臉戒備。

「貧道我最愛打抱不平，就算有狠賊惡霸，我也不怕。」

年紀較小的女子疑惑的看著他，說：「你八成是仗著主人的靠山厲害，才敢說這大話。」

劉墉笑說：「老實告訴妳們，我在京城出家，是萬歲爺的替身，三不五時就上金鑾殿問個安，滿朝文武都與我有交情，所以敢說這種大話。」

聽了這話，年紀較小的女子忍不住問：「既然你說常在京城，那你認得劉羅鍋劉老爺嗎？」

「怎麼不認得！他和我是鄰居，在同一個書房念書，更是結拜弟兄，我們二人感情可好的呢！」

年紀較小的女子聽劉墉講得那麼有把握，輕扯另一名女子衣袖，說：「姐姐，他說的好像是真的，不如我們將冤枉和委屈告訴他，讓他替我們報仇。」

年紀較大的女子在一旁察言觀色，認為劉墉態度誠懇，不像騙人的道士，決定相信他，便說：「我叫陳

玉瓶，家住德州城北十里的佟家塢，父親是一名秀才。佟家塢有一個惡霸，叫作佟林，他的兄長是朝廷官員，和山東巡撫國泰交情很好，平日仗勢欺人，常常霸占百姓田，硬搶良家婦女，萬分霸道，目無王法。家中養了許多打手，聽說還藏有三千壯丁，並且私設刑房。幾天前，我去拜訪親戚，結果被佟林看上，不僅連人帶轎被搶到他家，轎夫王小二更被無辜打死。父親前去州衙告狀，佟林竟用錢賄賂官員，說父親向他借一百兩銀子，自願用女兒抵債，反咬我父親一個誣告罪名。父親被關進監獄，佟林想以此硬逼我與他成親，我不答應，他就餓了我三天，以為這樣一來，我就會答應親事。原本我想一死了之，然而父親只有我一個女兒，若我死了，誰來盡孝？又有誰可幫父親平反報仇？」

陳玉瓶抹去不知何時流下的淚水，才接著說：「我忍氣吞聲，假裝屈服，然後在新婚之夜灌醉佟林，才有逃走的機會。幸虧有這位妹妹帶路，否則我肯定繞不出那座大宅院的。」

「我是佟家的丫鬟，叫穀妮。佟林無惡不作，我看不慣，早就想逃走了。

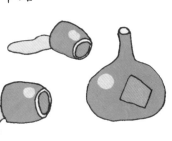

看見姐姐也想逃，便趁著守衛鬆懈戒備時，帶著她一起走了。」

陳玉瓶的遭遇讓劉墉對佟林深惡痛絕，更對國泰暗助他人作惡的罪行又多了一分認識。劉墉看向穀妮，忍不住問：「妳是被佟林買去的嗎？」

「不是。」穀妮搖搖頭，又說：「我家住在德州城南張家寨，父親名叫張用，種莊稼為生。幾年前遇到旱災，沒有歲收，家中缺乏糧食，日子快過不下去時，聽說佟林開放穀倉救濟窮人，我爹也去領了一斗，誰知道穀中竟攙了米糠，說是一斗，其實只有七升。」

劉墉說：「既是救急，何必在乎短少，能度日就好啦！」

穀妮「哼」了一聲：「如果真是好心就算了，但他假藉放穀名義，竟放高利貸坑人。一個月連利息要還二斗，兩個月四斗，依他的算法，每斗一吊六百文錢，我爹只是個清苦農人，又怎麼還得起？佟林逼我爹還錢，我爹向他理論，佟林竟氣得叫人把我爹打得渾身是傷，爹受不了他們狠命的拳打腳踢，便說情願變賣田地、屋子還錢，如果還不夠，再去他家當苦工抵債。沒想到佟林就等著我爹這句話，他說：『你早說這話不就好了。田地、屋子我都不要，不過聽說你有一個女兒，聰明伶俐，讓她當我家丫鬟，我們的帳就算清

了。』我爹原本不肯，但怕佟林動怒用刑，無奈之下，只好勉強答應。佟林把我的名字改成『穀妮』，因為我是用一斗穀換來的。到現在已經三年半了，我和父母還不知道何時能夠團聚……」

穀妮邊拭淚，邊請求劉墉：「道長，您問明了我們的冤情，可得幫我們寫一張冤狀，好讓我們去向劉大人那裡告佟林呀！」

劉墉回答：「這兒什麼都沒有，沒辦法寫狀子，不過我有一條馬鞭，妳們拿它去見劉大人，他一定會接下妳們的冤狀。」

「就憑一條馬鞭？我不信！」穀妮瞪大眼睛，以為劉墉在戲弄兩人。

「妳可別小看它，這馬鞭是萬歲爺賜給劉大人，劉大人又轉送給我的。妳們把馬鞭呈給劉大人，他一定准狀。」

陳玉瓶冰雪聰明，心中已經猜到劉墉的身分，心想：「聽道長的口氣這麼篤定，他八成就是劉大人，只是現在不方便表明。我不如認他當義父，也算是為自己找個有力靠山。」她心意已定，便開口說：「道長，既然

受了您的大恩，不知該怎麼報答，請讓我拜您為義父，從今以後好好孝順您。」

劉墉連忙搖手，急忙說：「我是出家人，不能收義女。」

「您若是不收，我便長跪不起。」望著陳玉瓶認真神情，劉墉只好無奈答應。

正在談話時，一陣馬蹄達達，兩匹快馬朝三人方向奔來。馬上二人腰掛單刀，一臉怒氣——原來是佟林的管家張功和李能。「臭丫頭，竟敢私自逃跑，我們奉佟大爺的命令來逮人，就算妳們跑到天邊也不能放過。哼！兩個丫頭也敢讓我們這麼費事。」張功用鞭子指著陳玉瓶和穀妮，嚇得兩人渾身發抖，而李能毫不憐香惜玉，俐落下馬後先是甩了穀妮一巴掌，接著拿起粗繩就要綁人。

劉墉看兩人如此惡霸，連忙上前擋住他們，說：「太可惡了，光天化日之下，你們竟敢強行綁架這兩名少女，簡直無法無天。」

李能推開他，惡狠狠的說：「這是我家主人的妾，那是我家丫鬟，二人偷偷逃跑，現在主人要我們捉她們回去，有什麼不對。你這老道士少管閒事。」

劉墉冷笑一聲：「你們不用騙我，她們剛才已經告訴我實情了。依我看來，二位也只是奉命行事，不如

給個方便，放了她們，回覆你家主人時就說沒有趕上，這不是功德一件嗎？」

張功大手一揮，惡狠狠的說：「你這臭道士說得簡單，主人怪罪下來的話，你能負責嗎？你少管閒事，快滾開，我沒有怪罪你的阻撓，已經算是便宜你了。」他下馬攔住劉墉，免得阻礙李能綑綁二名女子。

劉墉大怒，喝罵：「你們這兩個奴才，狗仗人勢，竟敢強搶民女。」

張功捲起袖子，大喝：「我看你是活得不耐煩了，乾脆把你也帶去見我們家主人。」

李能攔阻他，說：「主人沒吩咐這事，放他去吧！」

「哼！便宜他了。」張功冷哼一聲，便與李能帶著二名女子離開。

二名女子的求救聲讓劉墉急得搓手頓足，然而他只有一人之力，並無支援，忍不住後悔的想：「真不該耽誤她們逃命，是我害了她們……不如我自己捨命去救她們吧！」正要趕去，忽然聽到身後有車輪聲音，他轉頭一看，原來是一名年輕小伙子推著小車來到他的面前。

「老道長，這裡剛剛似乎有些爭執，發生了什麼事嗎？」

劉墉將事情經過簡單說了一遍，問小伙子：「你能將她們救回來嗎？」

　　「我范孟亭雖然有些功夫，但性情剛烈如火，怕失了輕重，如果打死人，我還得打官司，麻煩死了。我不去。」范孟亭一臉為難。

　　「范兄如果能救回二名女子，不要說打死一個人，就是打死十個、八個，都算在我身上，與你無關。」

　　范孟亭雙眼一亮，說：「你說真的嗎？該不會一救到人你就溜了吧？」

　　劉墉一拍胸口，說：「我說話算話！你放心去救她們，貧道我一定會大大感謝你的。」

　　「哈哈，感謝就不用啦！」范孟亭爽朗一笑，伸手抽出藏在小車裡的銅棍，大步往前追趕。他氣運丹田，用力一喊：「喂！前面兩個小子，快把兩個女子留下來，若是不聽話，等等就讓你們吃不完兜著走。」

　　張功、李能聽見有人喊嚷，回頭一看，見一人手拿銅棍趕來，知道是來救二女的人。

劉公案

　　「來者必然不善，不如我們以大話將他嚇走，省些力氣，怎麼樣？」張功點點頭，見范孟亭已到近前，便亮出腰刀，指著他：「喂！你這膽大包天的小子！我們可是奉佟大老爺的命令捉拿丫鬟和小妾，你可別多管閒事，否則惹火上身，倒楣的可是你啊！」

范孟亭聽到這話，更是氣往上衝，把銅棍一掄，就朝著張功打去。張功急忙用刀相迎，卻只聽得「匡琅」一聲，他的刀竟被擊飛，銅棍砸在他肩背上，一陣劇痛，不禁「哎呦」一聲，倒臥在地。李能瞧見范孟亭的身手，知道敵不過他，心生一計，故意用話激他：「你仗著武功高強，欺負我們算什麼英雄好漢！如果你當真是錚錚鐵漢，就留下姓名，讓我們回去稟報我家主人。」

范孟亭哈哈大笑：「我行不更名，坐不改姓，記住范孟亭這個名字。今天放你們一馬，回去跟你家主人說，我隨後就到，叫他小心點。」

李能慌忙把張功扶上馬，狼狽的匆匆逃走了。

范孟亭帶著兩名女子回到劉墉面前，陳玉瓶和穀妮滿臉驚恐，驚魂未定。

劉墉向范孟亭拱手道謝：「感謝范兄出手相救。那兩個人回去稟報後，佟林必定會派人再來追拿。」他轉頭問兩名女子：「玉瓶、穀妮，妳們有暫時避難的地方嗎？」

陳玉瓶回答：「前方黃家寨是我姨娘家，我想我們可以先去躲一陣子，等劉大人到了德州，再去向他告狀。」

劉墉點點頭，說：「好，事不宜遲，妳們趕緊前往

黃家寨吧！」陳玉瓶和穀妮朝劉墉、范孟亭深深一鞠躬，便頭也不回的走了。

劉墉對范孟亭勇猛過人、見義勇為的行為十分欣賞，便問：「請問義士，你是哪裡人？為何隨身帶著銅棍？」

范孟亭毫不隱瞞的將身世一一說給劉墉聽：「我叫范孟亭，徐州佩縣范家營人。祖先曾當過總兵，這根銅棍是祖先留下來的。因為從小力大無比，我十三歲開始學武，父母過世後，我得自食其力，所以才會推著小車運米叫賣。我性子直、血氣剛，隨身帶著銅棍除了可以防身，也能隨時幫助別人。」他大笑幾聲，突然臉色一沉，又說：「這佟林是地方惡霸，我要去殺了佟林，才算是真正的為民除害。」

「那可不必，殺了佟林，反而是你有罪，不值得啊！不如你跟我一起去德州，在吏部劉大人面前告他一狀，你願意嗎？」

范孟亭說：「好啊！你這老道士真有義氣，跟我很合得來呢！乾脆我們結拜當義兄弟，怎麼樣？」

劉墉連連搖手：「不敢，不敢，我至今都沒跟人家結拜過呢。」

「凡事都有第一次，你不結拜就是看不起我。」范孟亭也不管劉墉願不願意，立刻拉著劉墉一同跪下，

接著便朝天叩了三個頭。

劉墉心想：「看他心直口快，也算是個豪傑，與他結拜也無妨！」於是也跟著叩頭。

等劉墉叩完頭，范孟亭趕緊扶他起身，問：「我今年二十三歲，不知大哥年紀多少？」

「我六十四歲了。」

「那大哥叫什麼名字？家鄉在哪兒啊？」范孟亭對這年紀大上自己好幾輪的大哥充滿了好奇，問題一個個的冒了出來。

劉墉咧嘴一笑，說：「我姓卯名金刀，與劉大人同鄉同村呢！」

「原來大哥跟劉大人真有交情啊！」范孟亭雙手推著劉墉，說：「大哥快上小車，讓我推你進德州城吧！」

第十七章　結盟兄弟　忠肝義膽

劉墉和范孟亭還沒進德州城，眼前來了一隊浩浩蕩蕩的人馬，後面跟著一座空轎──原來是準備出城迎接劉墉的隊伍，領隊的正是德州州官。

劉墉想試試范孟亭的膽量，於是說：「賢弟，我在京城裡可說是皇帝的替身，又是劉大人的好友，地位比州官還高，我們不用對州官讓路，應該是州官要閃在一旁，讓我們過去才合理。」

范孟亭有些擔心，說：「可是……若是冒犯了州官，肯定會挨板子的。」

「剛才你是英雄好漢，怎麼現在變成草包了。別看我好像是個窮道士，劉墉和我交情好得很，我說什麼他都會聽，你別擔心，闖出禍還有我頂著呢！」劉墉故意激他。

「既然大哥這麼說，那我就不讓路了。」范孟亭一笑，便推著小車往前直闖。

「前面那個推小車的，還不快閃！」

范孟亭把衙役的喝罵聲當作耳邊風，不避不讓。

州官萬分震怒，下令：「將他捉起來。」衙役一擁而上，押著范孟亭在州官面前跪倒，州官瞪著他：「為什麼見了本官的隊伍還不讓路，分明是有意挑戰本官權威。來人啊，將他重打二十大板。」

板子「劈里啪啦」的不停落下，范孟亭硬是忍住不喊痛，反而向州官說：「你竟然敢打我二十大板，我大哥一定不依。他和吏部劉大人很有交情，只要他跟劉大人說一句，就讓你的官位不保。」

聽了這話，州官更是怒火中燒：「既然如此，將他口中的大哥帶過來。」衙役連忙把劉墉扯下小車。然而到了州官面前，劉墉卻站得直挺挺的，一點下跪的意思也沒有。

州官怒喝：「好一個臭道士，見到本官還不下跪。也打他二十大板！」衙役扭著劉墉的臂膀，準備執行州官的命令，范孟亭急得連連叩頭，大聲求情：「大人，我大哥年歲已大，不能受刑，您要打就打我吧！」

州官看范孟亭這麼維護劉墉，有情有義，不禁對他另眼相看，便說：「你還算是一個好人，看在你的面子上，本官饒了他，不過從今以後不許再這麼無禮。」他揮揮手，帶著大隊人馬揚長而去。

范孟亭並沒有抱怨劉墉害自己挨板子的事，只是催促：「大哥快上車，我們要趕快進城，不然等等天色

一暗，今天就來不及進城了。」

劉墉嘆一口氣，說：「你剛剛挨了二十下板子，恐怕無法推車了。」

「不礙事，那就像被蚊子咬了一樣，不痛！」范孟亭幾聲豪邁大笑，劉墉對他更加激賞。

德州城內各種店鋪齊全，來來往往人潮稠密。劉墉看見街道一間簡陋客棧門口掛著彩綢宮燈，就知道那是張成所訂的下榻客棧。他想與張成會合，又怕隨便揭露自己真實身分，范孟亭一定不相信，反而會推著小車加速離開也說不定⋯⋯他忽然靈光一閃，故意大叫：「賢弟，快停車，已經天黑了，我們就在那間客棧住一晚吧！」

范孟亭眉頭一皺，無奈的說：「大哥，這可不行，那是劉大人訂下的客棧，我才因為冒犯州官挨了二十板子，若再闖禍，我這腦袋可保不住了！」

劉墉笑了笑，說：「劉大人與我交情好，我們就住這兒，沒問題的！」

范孟亭對劉墉的話半信半疑，直說：「我不上大哥的當了。」

「你如果害怕，那大哥帶頭先走。」劉墉正要邁步，卻被范孟亭一把拉住：「大哥，你如果非要住這

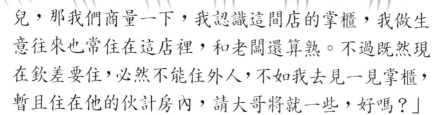

兒，那我們商量一下，我認識這間店的掌櫃，我做生意往來也常住在這店裡，和老闆還算熟。不過既然現在欽差要住，必然不能住外人，不如我去見一見掌櫃，暫且住在他的伙計房內，請大哥將就一些，好嗎？」

劉墉想想並無不妥，便答應了范孟亭的提議：「好吧！就依你。」

范孟亭與劉墉從客棧後門走了進去，掌櫃見了他們，滿臉歉意的對范孟亭說：「范大哥，今天小店不方便，只能讓你住在小屋，如果是不認識的客人，我連留也不敢留呢！不過，這位道長是你什麼人呀？」

「這是我大哥，我們住小屋也沒關係。」范孟亭揮揮手表示無所謂。

二人進了小屋，連燈都還沒點，就聽到外邊傳來女子喊冤的聲音。「冤枉啊！」「劉大人請幫幫我們！」小屋離客棧門口不遠，劉墉和范孟亭走近窗邊，正好能將門口的對話聽得清清楚楚。

「妳們兩個女子有什麼冤枉？要告何人？」回應女子的是兩個男聲，語氣充滿不耐。

「大哥，這兩個男人的聲音怎麼聽起來這麼冷酷啊？」范孟亭忍不住問。

「他們是要保護劉大人安全的衙役，當然會謹慎

一點。」劉墉分心回答，接著交代：「好了，你別吵！」

「我們要狀告惡霸佟林。」

二名衙役平日收了佟林不少好處，便要兩名女子等等，走向角落。他們沒想到客棧掌櫃竟留宿其他客人，瞧也沒瞧小屋裡頭一眼，便開始竊竊私語起來。

「我到佟府借錢，借十吊，佟大爺一定不會給八吊。」

「佟大爺待我也不錯，三不五時就給我一些碎銀、幾瓶酒的，說是慰勞我的辛勞。」

「不如趁劉大人還沒來，我們把她們捉起來，送到佟府去，說不定又可得一些獎賞。」

「你說得對，就這麼辦！」

二名衙役放聲一喝：「妳們好大膽，竟敢誣告好人。」趁著女子嚇傻時，衙役連忙把兩人綁住，押往後院去了。

劉墉聽著那兩名女子的求饒聲，不由得大怒：「這兩個奴才，居然這麼無法無天，我就是劉墉，那瞎了眼的州官不是要接我，接到哪兒去了？」

范孟亭嚇了一跳，趕忙遮住劉墉嘴巴，說：「大哥，你瘋了嗎？你乾脆說你是皇上，還比吏部官位大得多了。求求你，別給我惹禍了。」也不管劉墉還想

說些什麼，他一隻手拿起行李，一隻手拉著劉墉走出房，把劉墉推上車，放妥行李後，便推著小車離開德州城，一路往南狂奔。

　　來到南關，路邊小店老闆正在大聲吆喝：「天晚了，客官休息一下吧！我們的房屋乾淨，沒有臭蟲，吃的喝的應有盡有。」范孟亭二話不說，立刻要了一個房間，還把行李搬到房內。劉墉無奈，只好跟著走進房裡，並對老闆說：「你先端一盆洗臉水、泡一壺茶，然後來半斤酒、四碟菜，給我們壓壓驚。」

　　范孟亭說：「不必麻煩了，給我們十斤大餅，多來些大蔥，捲著吃就可以了，吃完了早點休息，明天還得辦事呢。」

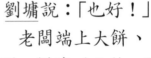

　　劉墉說：「也好！」

　　老闆端上大餅、大蔥後就要離開，劉墉叫住他，問：「請教一下，你知道佟林住在哪裡嗎？」

　　「佟大爺？他家離這兒不遠，順著林子走就到了。」

　　等老闆一離開，范孟亭便說：「大哥，你問這做什麼，明日我們在劉大人面前告他一狀就是了。州官已去迎接，想必明天便會到客棧了。」

　　劉墉無奈一笑，說：「今晚到了，但又被你劫出來

了。」

「我劫了什麼？」范孟亭搔
搔後腦，聽不懂劉墉在說什麼。

劉墉指著自己鼻頭：「劫我
啊，我就是劉墉。」

范孟亭搖搖頭，說：「我才
不信，大哥不要再說笑了！」

「你若不信，給你看證據。」
劉墉從懷中取出一個小包袱，輕輕打

開，裡頭端正的擺著一顆金印，范孟亭不由得倒抽一
口涼氣，雙膝一彎，跪倒在地，連連叩頭：「不知是劉
大人，請大人原諒。」

劉墉扶起范孟亭，說：「不知者無罪，賢弟別想太
多。今日我本想和下屬會合，沒想到卻發現衙役被佟
林收買，想必佟林買通的貪官不少，也許還另有靠山。
我想明日去佟府搜集佟林的罪證，最好連那些貪官一
起揪出來。」

「大哥一個人去太冒險了，我跟去保護大哥。」

劉墉一笑，說：「不入虎穴，焉得虎子。明日清晨
我一人前往，要麻煩你去做一件更重要的事。如果午
時我還沒回來，你再到佟府救我。」

「大哥怎麼說，我就怎麼辦！」

第十八章 惡貫滿盈 怒鎖佟林

張功、李能回佟府後，立刻去見佟林，並說：「啟稟大爺，我們捉到陳玉瓶和穀妮時，有個老道士竟要一個叫范孟亭的推車漢子追來，不僅將我們打傷，劫走二女，還說要親自找上門來。」

佟林勃然大怒：「可惡，敢動我的人，也不看看我是誰！哼，等他們哭爹喊娘的求饒時，他們就會知道惹錯了人的下場。」

隔天早晨，佟林正在思索著該往哪個方向追人時，忽然聽到門外卦板打得連聲作響，便命令張功：「那四人不知往哪兒跑了，你去將算卦的先生請來，算一算他們逃往哪個方向。」

張功來到大門外，一眼就認出劉墉，真是得來全不費功夫，冷笑著說：「老道士呀，隨我進來，我們家大爺要請你算卦呢，你該發大財了。」他壓住劉墉肩膀，手上使力，硬逼劉墉往屋內走去。

劉墉看見應門的人是張功，就知道今日肯定是凶多吉少，但不入佟府的話，哪能搜集佟林罪證？於是

假意掙扎幾下，便隨張功進屋了。來到大廳，廳上坐著一人，面帶凶惡，姿態無禮狂傲，劉墉猜想他就是佟林。張功走到佟林面前，說：「大爺，這臭道士就是搶去二女，喚人打傷我們的人。」

佟林將雙目一瞪，下令：「把這可惡的道士綁起來，吊在馬棚裡，讓本大爺好好拷問他。」

這時，佟林的妻子喬鳳英正獨自坐在北樓，想到丈夫平日無惡不作，不禁連連嘆氣。她昨夜做了個夢，心中有些不安，於是問丫鬟：「我昨夜夢見天上的太陽墜落在家中，紅光繚繞，但一下子就熄滅了，整個家黑漆漆的，接著一陣狂風颳得房屋支離破碎，不知道是吉是凶？今天烏鴉又亂叫個不停，我總覺得好像有什麼大事要發生……」

丫鬟正要開口安慰，卻忽然聽到前廳傳來吵鬧聲，喬鳳英皺起眉頭，說：「他不知又做了什麼傷天害理的事……妳快去請大爺，說我有事找他。」

丫鬟連忙下樓，沒多久回到北樓，稟報：「夫人，前廳綁了一個老道士。大爺說，有事等他打死了道士再說，便把我趕走了。」

喬鳳英心中有不妙的預感，急忙說：「妳再去請大爺，就說我真的有很要緊的事。」

丫鬟去了一會兒，又回來說：「大爺見到我又去

催，他就生氣了，說：『妳滾回去，我打死這老道士後，再去跟夫人算帳。』」

喬鳳英聽到這番話，心裡感到非常難過：「大家都知道我的丈夫是個做盡壞事的人，我早就在眾人面前抬不起頭，沒想到他完全不在意夫妻情分，竟說出這麼傷人的話，真是令我心寒……佟林這麼為非作歹，日後必定惹來禍事，不如我現在一死，也不用面對未來的家破人亡。」她打定主意，便假裝口渴，支開丫鬟去泡茶，然後把繡花汗巾拋上橫梁，心一橫，就這麼懸梁自盡了。

「夫人，茶泡好……」丫鬟沒想到等著她的是如此驚人的一幕，嚇得趕緊跑到大廳，慌慌張張的對佟林說：「大爺，大事不好了，夫、夫人……上吊了。」

佟林吃了一驚，連忙吩咐家丁：「快去救夫人，讓臭道士在馬棚裡多活片刻，反正他也逃不出我的手掌心。」

另一方面，范孟亭一早帶著劉墉的書信來到客棧，前方走來四個人，原來是兩名衙役正押著陳玉瓶、穀妮二人要去請功領賞。想起昨天聽見的對話，范孟亭胸中一股怒氣無處發洩，立刻提起

銅棍，三兩下就打跑了衙役。

陳玉瓶與穀妮重獲自由，跪在地上不停叩頭，說：「恩人，您救了我們兩次，大恩大德不知該如何回報。」

范孟亭說：「小姐請起，我是奉大人的命令行動，不是我的功勞啦！」

陳玉瓶問：「哪個大人？」

「上次命我救你們的老道士，原來就是劉大人假扮的。昨日我們聽見二名衙役說要把兩名女子交給佟林，大人猜是妳們，特地要我來救妳們。」

聽到老道士就是劉墉，陳玉瓶心中暗喜：「果然沒有猜錯。」

范孟亭說：「我還有事要辦，妳們就隨我進客棧吧！」說完就直接進入客棧。

范孟亭一進門，就遇到因為找不到劉墉而著急不已的劉安和張成，於是就趕緊向他們說明原委。劉安和張成雖然對范孟亭所說的半信半疑，但一見到劉墉的親筆書信，最初的懷疑便煙消雲散，趕緊問：「大人現在在哪裡？」

「大人獨自前去佟府，還沒有回來，可能有危險。」

劉安、張成立即吩咐州官調集五百兵馬前往佟府，準備捉拿佟林。

　　范孟亭一馬當先，在佟府門口大喊：「佟林，你惡貫滿盈，今日奉欽差劉大人的命令，要捉拿你歸案。」

　　劉安、張成帶著兵馬闖進了佟府，佟林沒有防備，一下子就被范孟亭捉住，佟府中的家丁等人也一一束手就擒。

　　范孟亭四處找尋劉墉，接近馬棚時聽到有人輕輕的哼聲，仔細循著聲音找去，發現馬棚裡吊著一個人，正是劉墉，於是他趕緊把劉墉救下。

　　劉安、張成將佟府搜查完畢，家產查封，留兵把守，等所有為惡的證據到齊，劉墉就要來好好審理這件「惡霸欺民」的案子。

　　準備萬全後，劉墉立刻前往衙門，升堂問案。平時和佟林一起為非作歹的惡霸們全都跪在堂下，偶爾夾雜著手銬腳鐐的噹啦聲響，曾被佟林迫害過的百姓們爭先恐後的遞上冤狀，請求劉墉嚴懲惡霸。

　　劉墉仔細審查過後，確認佟林等人罪無可赦，便大聲宣判：「佟林橫行霸道，目無王法，張功、李能助紂為虐，無惡不作，拖下去斬首示眾。其餘人等危害鄉里，雖然罪不至死，但仍不可輕饒，判發往黑龍江充軍。所有佟林霸占的良家婦女、田產財寶，各自發

還原本家庭；而佟林的家產一半賑濟被害的百姓，一半納入國庫。」看到惡霸們得到應有的報應，百姓不禁歡聲如雷。

多虧范孟亭仗義相助，讓劉墉能順利除去佟林，因此全案終結後，劉墉對范孟亭說：「賢弟，你今後就跟在我身邊，先隨我到山東查辦國泰，等回京城後我再奏請皇上，讓你做個武官，你願意嗎？」

范孟亭對劉墉佩服至極，恨不得一腔熱血報效朝廷，趕緊道謝：「謝謝大人提拔，我願跟隨大人，為大人效勞。」

劉墉又說：「賢弟，你正氣凜然，勇猛無敵，但是『孟亭』較為儒雅，不太符合你的氣質。我多喝了些墨水，想給你起一個別名，叫浩然，不知你覺得如何？」

范孟亭聽到劉墉願意為自己起別名，求之不得：「多謝大人，從今以後我范孟亭，就是范浩然了。」

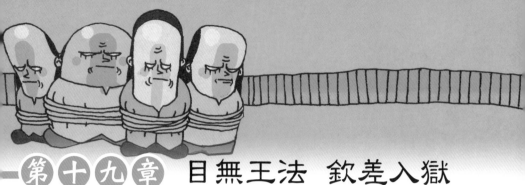

第十九章 目無王法 欽差入獄

劉墉一路喬裝私訪，來到了德平縣。

入夜沒多久，劉安向劉墉稟報：「大人，客棧外有登州總兵韓泰昌，說是大人的學生，有機密要事要告訴您。」

劉墉說：「韓泰昌？快請他進來，其他人都先退下。」

過了一會兒，韓泰昌進房向劉墉行禮：「學生韓泰昌向老師請安，您最近過得還好嗎？」

「別客氣了，我們趕快坐下來說話吧！」等韓泰昌坐好後，劉墉才說出心底疑惑：「你應該在登州鎮守，現在卻私自離開防地，特地挑深夜時分見我，有什麼機密要事要說？」

「老師有所不知，不是我擅離防地，是山東巡撫國泰忽然調集四路總兵前往山東，但山東境內並沒有叛亂逆賊，邊境也沒有土匪民變，我覺得事情不單純。今日國泰傳喚我們四路總兵，說您奉旨要辦他，他決定先作好準備，叫所有人聽命行事。如果老師觸怒了

他，他就會下令捉拿老師，若有人不遵從命令，就立刻斬首。為了老師的安全著想，我才會趁夜深時來通報老師，請您一定要小心防範。」

劉墉聽完，哈哈大笑，說：「你不必擔驚害怕，我奉旨前來，本來就不怕危險，也沒把自己的性命放在心上，何況我是欽差，奉聖旨而來，他還是要賣我三分面子的。」

韓泰昌搖搖頭，說：「老師可不要小看國泰，他在京裡作官時，沒有兵權，當然不敢放肆；但山東是國泰的地盤，他若不理會聖旨，那時您要怎麼辦呢？」

劉墉愣了一下，說：「依你這樣說，國泰真的是目無王法了。」

「國家王法，他視若無睹，山東境內只有他的法令才是王法。現在他是山東巡撫，我們四路總兵不敢違逆他，但我一心為國，實在不願意幫他作惡，至於其他總兵的想法，我會找機會探探他們的口風。只是老師明日就會進山東濟南城，務必多加小心。學生不

能久留，以免被國泰發現，先告辭了。」

韓泰昌走後，劉墉默默思量著自己的不利處境，心中已有了主意。

第二天一早，國泰一人坐在書房裡，心想：「自從我在山東任官以來，所有大小事由我自己做主，聖上從不多問。現在派劉墉來山東，不知要查什麼案子？哼，八成是有人去投訴我，特地來辦我的。我在山東的所作所為，弊病雖大，但是我的威權更大，劉墉能拿我怎麼樣？君命比不上軍令，他如果見到我的威嚴，保證嚇得他膽裂魂飛。」

這時，門外衙役稟報說：「啟稟大人，欽差劉大人目前離城五里，再過一會兒便要進城了。」

「那就先給他個下馬威吧！」國泰冷哼一聲，立刻吩咐四路總兵：「你們帶兵從這巡撫大堂開始排隊，排到出城三里的地方，必須弓上弦、刀出鞘，隊伍不准雜亂，違令者斬。」

見四路總兵領命離去後，他接著下令：「中軍官，當我迎接劉墉入城後，你就拿著令箭阻擋他所帶來的兵馬，不准他們入城，以免擾亂民心，叫他們待在城外。」

「守城營官聽令。你見了我和劉墉進城後，所有陌生、可疑的人，都不准放進城。」中軍官、守城營

官各自領命退下。

國泰起身拍了拍衣服，準備前去迎接劉墉。隊伍前有四十面金牌引導，百餘人佩帶著刀槍劍戟，無數旗幟隨風招展，後面跟隨著數十名文武官員。先是九聲大炮連響，表示隊伍起行，出了城門又是九聲大炮——陣仗幾乎可以比擬帝王出巡。

看見國泰以這麼大的陣仗迎接，劉墉知道他是有意嚇唬自己，不禁冷笑幾聲。但轉念一想，眼前兵山將海，個個弓上弦、刀出鞘，隊伍卻絲毫不亂，整整齊齊，他不禁心想：「聖上命他擔任山東巡撫，賜他金牌，能調度全國兵將。今日他竟濫用軍權，以求自保。看這情形，國泰若真要謀反，我肯定首當其衝啊！」

等了好一會兒，國泰才出現在隊伍最前方，面帶笑容，態度恭敬的對劉墉說：「哎呀，屬下通報得晚，讓欽差大人久等，真是在下的罪過。您一路風霜，特地光臨山東，實在是山東的福氣啊！」他口中這麼說，臉上卻絲毫沒有愧疚與恭敬之意。

劉墉明白他的心思，也不戳破，只是微微一笑，問：「國舅大人一切都好？」

國泰笑著回答：「都好。在下有什麼才能，竟然勞煩欽差大人問好，實在擔待不起。大人一路奔波辛苦，請進城裡休息。」

「還要多謝國舅大人看得起，擺這麼盛大的隊伍迎接我，我真是太有面子了，改日回京再謝。」二人互相謙讓、談笑了一陣，便一起入城，進了國泰的撫院衙門，在廳中坐下。

國泰看似無意的問：「京城公務繁忙，欽差大人光臨山東，不知有何公事？」

「本欽差奉旨前來查驗練兵情形，順便犒賞三軍。」

「既然是前來犒軍，怎麼沒見皇上聖旨？而且，在下並沒有看見劉大人帶來任何犒軍的物品啊。」

「喔，差點忘了。」劉墉輕拍額頭，說：「後面還有個欽差和大人呢，這些東西都他帶著了。」

「原來和珅表哥也來了。」國泰眉頭一皺，又問：「劉大人，從前我們倆交情不錯，這次聖上特地命你們兩位欽差來山東，到底是為了查哪件案子而來？」

劉墉收起笑臉，冷冷的對國泰說：「你一問再問，莫非心懷鬼胎，作了什麼徇私舞弊的事，怕被我知道嗎？從前我看你正直清廉，十分照顧你，還推薦你作山東巡撫，沒想到你到了山東之後，不但沒有待民如子，反而受利欲所迷惑，貪圖富貴，草菅人命。我今日正是奉旨前來查辦你在山東的所作所為。」

「哼！」國泰冷笑一聲，說：「劉墉，你來山東的

原因我早就知道了，是有人到京城告我，列了不少條罪狀是吧？哈哈，老實告訴你，在京裡，我得遵從皇上的命令，所以對你尊敬幾分；現在來到我的地盤，可就由不得你了。別說聖旨，就算是當今皇上親自駕到，也得看我的臉色。」

劉墉聽到國泰居然口出狂言，如此大逆不道，忍不住勃然大怒，大罵：「國泰不得無禮！你身為朝廷官員，領國家的俸祿，又是皇上親戚，理應為皇上分憂解勞，皇上有哪件事對不起你？你全身上下都是皇恩所賜，怎麼能欺君忘本？當官卻不為老百姓辦事，真是枉費一身官服。本欽差奉旨前來查案，你反倒仗著兵權在手，欺壓欽差，這與欺君有什麼不同？」

國泰哈哈大笑，說：「你口口聲聲說自己是欽差，卻沒有聖旨，要我如何相信你？劉大人，你仗著自己是太后乾兒子，又是吏部大人，在京城裡人人怕你。不過……今日你在我的地盤，我要你死你就得死；我讓你活你就得活。你以為我不敢動你？」

劉墉大喝：「你好大膽，國泰，你真要造反了！等和大人帶聖旨前來，看你還能不能囂張？」

「那我就恭候和大人光臨。」國泰冷笑，隨即命令衙役：「把劉墉關進牢裡，明日我再詳細問他假冒欽差的目的。」

站在一旁的韓泰昌見情勢不妙，卻只能眼睜睜看著劉墉被押入大牢，心中急得如熱鍋上的螞蟻，可是國泰軍令如山，憑自己的力量，根本救不了劉墉。他眼角餘光偷偷瞄向其餘文武官員，見眾人面面相覷，無人敢出面說情，只好忍住心中的衝動，要是維護劉墉失敗，就算賭上性命，也不過是讓國泰多個立威的機會而已。

第二十章 夜闖軍牢 議定計策

劉墉坐在獄中閉目養神，暗想：「我奉旨探查山東民情，反而被國泰關在這裡，他必定有許多眼線與靠山，所以才能欺瞞聖上，任意虐待山東良民……想誣陷我假冒欽差？我就看他怎樣辦我！」

當他正在思索該如何對付國泰時，忽然聽到腳步聲，睜眼一看，原來是韓泰昌賄賂了門口獄卒，前來探視。韓泰昌一臉愧疚，跪在劉墉面前：「老師，您受驚了，我當時無法救您，還請老師恕罪。我帶來一些食物，請老師吃些以維持體力。」

「你兩次冒險來提醒我、探視我，就足以知道你一片忠愛之心了。」劉墉接過他手中的食物，示意他起身。

韓泰昌卻只是移近劉墉，低聲說：「我打算今夜潛入國泰府邸，殺了國泰。」他是武狀元出身，武藝高強，暗殺對他來說並不是難事。

劉墉搖搖頭，說：「你別胡來。國泰雖然無禮，但他仍是皇上的親戚，罪行的判定還是得由皇上作主。

我是欽差，將我關在牢獄，他是罪上加罪，就算他擁有兵權，聲勢驚人，但是相信他不敢對我做什麼。我在這兒十分安全，反倒是他騎虎難下，所以你千萬不要魯莽。」

見韓泰昌點頭表示了解，劉墉又說：「眼前唯一能解救我的，我看就只有和珅了！他走的是大路，我想他早就來到這附近，只是和國泰是表兄弟，不方便先行會面。這次我特意設計他和我一起來山東，就是避免他在私下幫助國泰，他為了將功折罪，必定會全力辦案。你就配合和珅的命令行動，相信很快就能搜齊罪證，捉拿國泰入京。現在夜已深了，你趕快回去吧！不用替我擔憂。」

韓泰昌行了個禮，說：「多謝老師指點！那學生就先告退，明日再來請安。」

另一方面，國泰回到家中後，默默的想：「俗話說『量小非君子，無毒不丈夫』，我掌管這兒的生殺大權，手上更有百萬兵力，殺一個劉墉也無所謂。」

他站起身，在房內走來轉去，另一層顧慮突然浮現腦海：「可是……劉墉這次來山東，犒軍是假，追查課稅一案是真，他既是欽差，又是太后的乾兒子，我雖然將他關了起來，也不能殺他。如果他死了的消息傳到京城，別說官位，只怕我連性命都不保。但若放

了他，他絕對不會與我善罷干休⋯⋯放也不好，殺也
不好，真是難倒我了⋯⋯」

　　果真如劉墉預料，國泰為了如何處置他而坐立不
安，心神不定，一夜無眠。

第二十一章 裡應外合 計擒國泰

　　劉安、張成等人在濟南城外苦苦等候，卻一直沒有劉墉進一步的指令，不禁有些疑惑：「這事有些古怪，怎麼山東的巡撫大人只讓大人入城，其他隨從都被擋在城外，其中一定有蹊蹺。」

　　「范大哥不是去探聽消息了嗎？我們就耐心再等等吧。」

　　等了一會兒，范孟亭慌慌張張的跑回來，嚷嚷著說：「大事不妙，大事不妙。」

　　劉安忙問：「發生什麼事了？你怎麼這樣驚慌？」

　　范孟亭急急說著：「這國泰果真想造反！他派重兵把守城門，准人出城，不准人入城。我擔心大人安危，就假扮成官兵混了進去，親眼看見國泰囂張霸道的模樣，完全不把聖旨、欽差放在眼裡，甚至惡言相向。大人忍不住斥責了他幾句，他就把大人關入獄中。因為國泰掌有兵權，沒有官員敢違抗他，現在大人被捉起來了，你們說，該怎麼辦才好？」

　　聽了這話，劉安不禁咬牙切齒的咒罵：「這傢伙居

然如此膽大妄為，真是個無恥之徒。看來現在只有和大人可以幫我們了，我們得趕緊找到和大人，一來救大人出獄；二來也才能捉拿國泰問罪。」

「事不宜遲！那請范大哥帶領其他人先回德平縣客棧，我和劉安分頭去找和大人。」

其實和珅早已到達濟南附近，所以劉安和張成一下子就找到了和珅。只是這次查案，一方面和珅是劉墉副將，不方便強行出頭，一方面國泰能擔任山東巡撫，是他大力推薦，為了自保，他當然要極力撇清關係，以免惹禍上身，所以才遲遲沒有去見國泰。但從劉安口中得知國泰竟將劉墉關了起來後，和珅知道他沒辦法坐視不理，否則乾隆追究起來他也有責任。快速權衡利弊之後，和珅心中已經想好下一步的行動。

第二天清晨，和珅故意浩浩蕩蕩的到達濟南城，國泰得到消息後，吩咐：「拿我令箭，讓四路總兵在大堂集合，準備聽我命令。」他暗想：「劉墉現在被我關在牢裡，我要磨磨他的傲氣，他才會知道我的屬害。至於和珅……他是我表哥，我能得到皇上信賴，都是靠他幫忙，而且他也拿了我不少好處。令我納悶的是，他與劉墉向來是死對頭，劉墉來查我，我還能理解，但表哥是為何而來呢？看來，我和他見面得小心一些，如果他來意不善，與劉墉同個鼻孔出氣，不如也把他

捉起來，他若是拿出聖旨來壓我，我就扯碎聖旨，看他能拿我怎麼辦？」

打定主意後，他立刻對四路總兵下令：「你們前去迎接和大人，我隨後就到。我們進城後就關閉城門，聽我命令。」

四路總兵接了軍令，心情鬱悶的騎馬出城。韓泰昌忍不住開口：「三位總兵大人，今日迎接和大人的陣勢和迎接劉大人幾乎一樣。看起來國泰真的有反叛的意思……我們若不遵從軍令，死罪一條；但聽他的指令行動，不就成了叛黨一夥嗎？被冠上謀反臭名，不如死了還比較乾脆！」

三位總兵互看一眼，說：「我們也是這樣想，依韓大人的想法，我們應該如何做才好？」

「依我看來，我們不如將國泰的惡行全部告訴和大人，表面上我們依國泰命令，實際上卻是幫助和大人捉拿國泰。不知三位大人覺得如何？」

三位總兵覺得韓泰昌的想法十分可行，紛紛表示同意。

遠遠望見和珅車隊，四路總兵迎了上去，跪倒在和珅面前。「參見欽差和大人。」

和珅見四路總兵神色凝重，心知他們有事要稟報，於是說：「快起來。你們四位的防地離這兒都有些距

劉公案

離，有什麼重要的公事讓你們全都來到濟南城呢？」

「大人，並不是我們擅自離開防地，因為國泰大人以軍令要我們前來，我們不敢不來！」

和珅點了點頭，故意又問：「另一個欽差劉大人到了嗎？他在何處？」

四路總兵對望一眼，行禮回答：「不敢瞞騙大人。」於是將國泰的所作所為全都告訴和珅。

和珅雖然早就聽說國泰貪汙舞弊的事，卻不知他把事情鬧得這麼大。他心想：「事到如今，雖然是表弟，我也無法幫他了，否則肯定跟著他遭殃。如今劉墉被捉，我得先想辦法捉住國泰、救劉墉出獄，這樣才能顯出我大公無私的一面。」他隨即問：「四位大人以國家為重，令人欽佩。依你們的意思，該怎麼做？」

四路總兵早就有了決定，便異口同聲回答：「我們謹遵大人調動！」

和珅見四路總兵站在自己這邊，不禁欣喜萬分，說：「既然如此，本欽差奉旨前來搜查國泰罪證，並要捉拿國泰治罪。我先去試探國泰，四位大人隨我入城，見機行事。」看到四路總兵露出又是尊敬又是感激的眼神，和珅不禁覺得有些飄飄然，有時候當個好人似乎也不錯。

　　當和珅到達城門口時，國泰已經等了他一會兒，一見和珅下了轎，連忙走上前，假意笑著請安：「表哥，好久不見，幾年沒見面，你還是精神百倍，真是吉人自有天相。」

　　和珅怎麼可能看不出他的笑容有多虛假，但他並不戳破，也滿臉堆著笑意，說：「表弟身體健壯，面色紅潤，過得也很不錯啊。」二人攜手攬腕，說說笑笑的進了城門，國泰便示意將城門關閉。

　　和珅裝作不知，對國泰說：「表弟，你真有才幹，我看你將這裡整治得井井有條，別有一番新氣象。」

　　「表哥過獎了！」國泰狂傲一笑，說：「自從我擔任山東巡撫以來，風調雨順，人民安樂，我握有兵權，哪一個敢不遵從我的命令。若是有人反抗，就立刻斬首，絕不寬貸。」

　　和珅點頭假意附和：「表弟果然屬害！」

　　走進巡撫衙門，和珅見每個士兵全副武裝，明白

劉公案

國泰有意要對付自己。他面色凝重的盯著國泰，說：「表弟，你可知我為何而來？」

國泰臉色一沉，低聲說：「表哥，你不就是奉旨前來查我嗎？但我治理山東有成，年年豐收，百姓富足，如果有小人在皇上面前說我壞話，也不足為奇。請表哥據實稟明聖上，以免傷了我們親戚情分。」

和珅沒想到國泰如此大言不慚，馬上斂起笑容，說：「表弟，你好無禮，見到欽差不跪下接旨，反而欺壓欽差，還要我幫你欺騙聖上。你說你有兵權，我和珅現在是聖上欽命的欽差，別說你是山東巡撫，就算是王公貴族也得尊敬我幾分。你對我施加壓力，就是欺壓聖上，真是膽大包天，可惡至極。」

「你住口！」國泰知道和珅不可能為自己遮掩，也就不再裝模作樣：「你在京裡有皇上幫你撐腰，但在這裡，我才是主子，我叫你死，你就活不了。告訴你，就算你拿出聖旨我也不怕！」

和珅大怒，從懷中拿出聖旨，大喝：「好一個無法無天的國泰，上欺天子，下壓文武，這與謀反有什麼兩樣！大小文武官兵聽令，我欽差和珅在此，命你們將國泰拿下！」所有人面面相覷，不曉得該怎麼做才對。

「哈哈哈！」國泰仗著統領山東多年，根本不把

和珅放在眼裡：「和珅，你這老糊塗，這裡是我的地盤，誰敢捉我？你也太天真了！四路總兵聽令，和珅是假欽差，他手上那張聖旨也必然是假的，立刻把他捉起來。」

「是！」四路總兵收到和珅的暗示，迅速走近國泰，將他壓倒在地，並牢牢綁住。國泰反應不及，只能大聲喝罵：「你們四個罪該萬死，不聽我的命令，全都不要命了嗎？」

韓泰昌冷冷的看著他，說：「我們聽的是聖上諭令，受欽差大人差遣，所以該被綁的是你。」其他文武官兵見四路總兵的舉動，知道國泰大勢已去，也沒有人想上前解救國泰。

國泰這時才知事態嚴重，嚇得面無血色，急忙向和珅求情：「表哥，這些年你幫我、我幫你，你也收了我不少好處，你得幫幫我啊……」

眼前正是和珅戴罪立功的好機會，他怎麼可能讓國泰抖出自己收賄的事，立刻大聲喝罵：「國泰，你貪贓枉法，罪證確鑿，雖然我與你是表兄弟，也不容許你繼續為非作歹。」

「表哥……」

「別再說了！」為免國泰說出什麼不利自己的話，和珅趕緊打開聖旨宣讀：「奉天承運皇帝詔曰：『民為

劉公案

國家之本，民富國強。』山東巡撫國泰卻有負職責，不僅隱匿山東災情，謊報年年豐收、百姓安樂，甚至屈殺國家十多名舉人、進士，目無王法，任性妄為。今有左連城進京告狀，派劉墉、和珅前往山東查清此案，收回國泰兵權，並將他捉拿進京，嚴懲法辦。欽此。」

「左連城是誰？竟敢進京告我。」國泰憤恨的瞪著和珅，但是被綁在地上的他一點威勢也沒有。

和珅冷笑一聲，說：「哼！左連城便是被你殺害的左都恆的兒子。國泰，你在山東的所作所為，人神共憤，表哥我也幫不了你。」接著，他不顧國泰苦苦求饒，下令衙役把國泰關入牢獄，並派人嚴加看守。

順利捉拿國泰，完成任務的和珅心情極好，嘴角帶著藏不住的笑意，對四路總兵說：「四位大人的功勞，我記在心上了，等我和劉大人回京後，一定會稟奏聖上，大大賞賜你們。現在請你們到獄中請出劉大人，我在書房等候。」

第二十二章 力抗權貴 國泰伏法

四位總兵來到牢房，韓泰昌雙眼含淚，說：「委屈老師了！和大人已經成功捉拿國泰，等著老師共同審案。」

「辛苦各位了！」劉墉不慌不忙的站起身，隨著眾人來到巡撫衙門書房。

「恭喜和大人，您順利擒拿國泰，是大功一件啊！」劉墉一進門，便笑著向和珅道喜。

「哪裡，我怎麼敢居功呢！劉大人，委屈您蹲牢房了，都是我的錯，還請大人見諒。」

「哪兒的話，若不是和大人足智多謀，哪能如此順利逮住手握重兵的國泰。只是國泰貴為國戚，西宮娘娘肯定會幫他，只怕聖上會特赦他的罪，如果真要定他的罪，恐怕得費些功夫……」

和珅曉得劉墉只是要逼他表態，讓他無法在乾隆面前為國泰說情，便順著他的話說：「劉大人放心，您怎麼說，我就怎麼做，絕不會扯您後腿的！」

隔天，山東各處都貼了告示，上頭寫著「欽差大

人懲辦國泰，有冤情者可將冤狀遞到巡撫衙門」，一時之間被害民眾紛紛奔赴巡撫衙門申冤，衙門內外被擠得水泄不通。短短幾天，衙門所接到的冤狀就堆積如山，劉墉仔細查閱後，發現光是告國泰草菅人命、強納民女這兩件罪行就有七八十張狀紙。

收齊國泰罪證之後，劉墉與和珅決定先審國泰有關欺君叛逆的罪，回京城後，再將百姓冤狀一起呈上朝廷，這麼一來，就算西宮娘娘有再大的本事也無法挽救。

「升堂──」

衙役們沉厚的吆喝聲在巡撫衙門裡裡外外迴蕩著，門口早就圍滿了等待聽審的百姓，除了一睹劉墉審案的丰采，更是要親眼見到惡人國泰受到懲治。公堂上，劉墉與和珅併肩坐著，四路總兵侍立在一旁。

劉墉一拍驚堂木，吩咐：「把國泰帶上來。」

「是！」

國泰雖然一身囚衣，但仗著有西宮娘娘幫他撐腰，態度仍然非常傲慢，站在公堂中央，不肯下跪。

劉墉大聲怒喝：「國泰，你不遵守國家法度，身犯滔天大罪，來到公堂，竟敢立而不跪。」

國泰哼了一聲，冷笑著說：「你二人竟敢對我要威風，我是皇親國戚，憑什麼要向你們下跪？」

「滿口胡言，你難道不曉得王子犯法與庶民同罪的道理嗎？你不跪欽差，連見到聖旨你也不跪，藐視聖上，這是罪上加罪。」

聽了這話，國泰懶懶的抬眼往上一瞧，看見公堂的橫梁上懸著聖旨，卻哈哈大笑：「我是西宮娘娘的哥哥，你們把聖旨懸在梁上又怎樣！」語氣中毫無敬意。

劉墉不理他，繼續問：「百姓告你的狀紙有七十多張，你知罪嗎？」

「我哪有罪過，你們將我任意細綁，還關在獄中，你們的罪才大。我們三人一同進京面見聖上，讓聖上評斷誰對誰錯。」

「證據都在這兒，你還想抵賴？」劉墉瞪他一眼，又問：「你為了徵收國稅，欺壓良民，殺了十三名舉人、進士，是否屬實？」

國泰大笑，說：「大丈夫做事敢做敢當，那些人準備謀逆造反，罪證確鑿，我把他們斬首是為國除害，算什麼罪過。」

百姓聽到國泰胡亂栽贓、視人命如糞土的話語，不禁火冒三丈，紛紛大罵出聲。

「國泰你這貪官，這種話你也說得出口！」

「那些進士們都是天大的好人，你才是國家的禍害！」

劉墉知道大家積怨已深，需要宣洩一下，所以並沒有立刻喝止，只是等喧鬧聲較小後，才示意眾人安靜。「國泰，你上任以來，硬要各地進獻美女，人數多達四十名，你升堂、退堂都命令那些美女以音樂接送，甚至整夜要她們陪你飲酒作樂，這也是真的嗎？」

　　「這是我作官的威嚴，也算是一條罪名嗎？」

　　「你接受佟家莊佟林的賄賂，便任由他在鄉里作惡，是嗎？」

　　國泰瞧也懶得瞧劉墉一眼，淡淡的說：「佟林敬奉銀兩給我是真，但是他作惡地方一事，我並不知情，他的惡行與我有什麼關係，真是莫名其妙。」

　　劉墉氣憤的大罵：「好一個莫名其妙！你這個巡撫不知為民除害，反而接受賄賂，皇上要這種巡撫幹嘛？左連城為父申冤一案，加上其他大大小小案子共有十八條罪名，這些實情，本欽差都查明了，所有人證、物證也搜集齊全，就算你狡賴也沒有用。和大人，你明日先將國泰押回京城，並向皇上稟報國泰罪行；我留在山東賑濟災民，等百姓能夠安心生活後，我再回京覆命。」

　　和珅想了一想，為了徹底和國泰撇清關係，於是說：「劉大人言之有理，不過以防意外，我看我先將國泰押到京城刑部牢中，等您回京，再一起向聖上說明，

如何？」

　　劉墉知道和珅心中有所顧忌，也不為難他，說：
「好，那就勞煩和大人了。」

　　劉墉捉拿國泰的消息早已在京城傳得沸沸揚揚，
所有人都等著看國泰會被如何處置。

　　西宮娘娘得知國泰被捉後，頻頻在乾隆面前說情，
而拿過國泰好處的官員也勸說乾隆從輕發落，因此起
初國泰還認為自己會無罪開釋，態度驕傲得不得了。
可是另一派的朝廷大臣據理力爭，勸乾隆乘機整治綱
紀，朝廷威望是否能夠樹立就看這一次的決定。乾隆
夾在兩派人馬之間拿不定主意，而他想問和珅意見，
和珅卻只是支支吾吾，無法給予什麼建議。

　　劉墉回京之後，洋洋灑灑的列出山東百姓呈上來
的所有狀紙以及查訪民間時所獲得的證據，面對如此
充足的罪證，就算乾隆和西宮娘娘想要護短，也爭不
過劉墉的浩然正氣，所以乾隆最後依法處死了國泰。

　　左連城得知國泰的死訊，父仇已報，向劉墉道謝
後便趕回山東祭拜父親。消息傳到山東後，大街小巷
充滿百姓們的歡呼，因為他們終於可以安心過日子了。
而劉墉為民除害的故事，也總被大家津津樂道著。

劉公案──與民同心顯正義

看完劉公案的故事，是不是覺得劉公辦案，既公正又勇敢呢？現在請接受挑戰，來當小偵探，從書裡找答案！

1.劉公為什麼又被稱作「劉羅鍋」？

_____

_____

_____

_____

2.劉公向來以清廉聞名，他擔任江寧知府期間，懲治貪官，深獲民心。他離任時，有一個婦人送了什麼，象徵劉公與百姓站在同一邊？

_____

_____

_____

3.劉公在前往山東查案的路途中，恰巧遇上了蘇家冤案，因此隱藏自己的身分，開始暗中調查。請問他假扮成什麼呢？

_____

_____

_____

_____

_____

4.劉公在調查蘇家冤案的途中，遇上了什麼動物呢？

_____

_____

_____

_____

國家圖書館出版品預行編目資料

劉公案 / 何佩珊編寫；簡志剛繪. －－初版一刷. －－
臺北市: 三民, 2019
面；　公分. －－(兒童文學叢書 / 小說新賞)

ISBN 978－957－14－6503－6　（平裝）

857.44　　　　　　　　　　　　　107018701

© 　劉　公　案

編 寫 者	何佩珊
繪 　 者	簡志剛
責 任 編 輯	楊雲琦
美 術 設 計	郭雅萍
發 行 人	劉振強
著作財產權人	三民書局股份有限公司
發 行 所	三民書局股份有限公司
	地址　臺北市復興北路386號
	電話　(02)25006600
	郵撥帳號　0009998－5
門 市 部	(復北店)臺北市復興北路386號
	(重南店)臺北市重慶南路一段61號
出 版 日 期	初版一刷　2019年1月
編 　 號	S 857670

行政院新聞局登記證局版臺業字第○二○○號

有著作權‧不准侵害

ISBN　978－957－14－6503－6　（平裝）

http://www.sanmin.com.tw　三民網路書店